Monsieur est mort

Karine Silla

Monsieur est mort

roman

PLON
www.plon.fr

12, avenue d'Italie
75013 Paris
Tél. : 01 44 16 09 00
Fax : 01 44 16 09 01
www.plon.fr

ISBN : 978-2-259-22746-9

L'écriture survient parfois comme une bombe à retardement pour faire resurgir du passé des chagrins enfouis.

Le jour de l'enterrement, j'ai longuement observé sa famille. Je ne les avais jamais rencontrés auparavant, mais il m'en avait tant parlé. J'étais surprise de voir que son frère cadet n'était pas là, le plus jeune, qui n'avait pas dix-huit ans, et qu'il aimait tant.

Ce roman est une fiction, inspirée d'une histoire vraie.

I

Mon père est mort il y a deux jours. C'était un mardi, le 9 avril, une journée comme les autres. J'étais loin depuis plusieurs années et je n'imaginais pas à quoi il pouvait ressembler, en ce mardi, quelques minutes avant de rendre son ultime souffle. Dans le dernier souvenir que j'ai de lui, il n'avait pas encore de cheveux gris, ce qui était très étonnant pour un homme de son âge. Je le croyais immortel. Avec ses yeux perçants de chat siamois, je pensais qu'il aurait sept vies qu'il vivrait d'une traite.

Ce jeudi matin, à Calcutta, il faisait une chaleur épouvantable. L'air était irrespirable. Dehors, le paysage était flou, avec ses couleurs un peu passées, comme enveloppé dans une brume de feu. Il me faisait penser à une toile de Monet et à la subtilité presque divine que le peintre avait pour réinventer la lumière, mais peut-être ma vue était-elle seulement brouillée par la chaleur accablante. J'étais assis par terre sur le carrelage où j'essayais de trouver un peu de fraîcheur, écrasé par cette température, si loin de ma terre natale, dans ma petite maison indienne près du Gange, quand j'ai reçu l'appel de ma mère. Elle ne m'appelait habituellement que les jours de fête. J'ai regardé l'heure, il n'était pas loin de midi. Dans le vieux combiné téléphonique des années soixante que je n'avais pas remplacé en m'installant ici, j'écoutais ma mère parler sans vraiment l'entendre. Devant moi, à travers les fenêtres ouvertes, je voyais voler, au-dessus du Gange, les cendres d'un reste de crémation. En les regardant, j'ai imaginé le destin de ces poussières d'homme qui toucheraient bientôt la terre pour faire germer un autre être humain absolument différent. Je tenais l'appareil contre mon oreille avec mon épaule, hésitant à fermer les fenêtres, de peur qu'une de ces particules ne perde son chemin et ne vienne se poser sur mon épaule pour me murmurer les secrets emprisonnés d'une vie inachevée. Je décidai de combattre cette idée absurde et poussai la porte-fenêtre à la peinture écaillée pour la maintenir grande ouverte, comme une frontière amicale que j'ouvrais entre la vie et la mort.

Je tentais de me concentrer sur la voix féminine qui me parlait ; j'étais resté quelques secondes sans reconnaître son chant fragile, un peu cassé, qui lui donnait une intonation étrange. C'était peut-être l'accent du chagrin, de la vieillesse, ou l'effroi de se retrouver seule qui donnait un peu de chaleur à la voix métallique, presque glaciale, de ma mère. J'essayais de recomposer son image dans ma mémoire. Son visage m'apparaissait figé, sans sourire et sans larmes. Ma mère était une femme magnifique d'une beauté digne d'un tableau de maître, avec sa chevelure longue d'un noir luisant qu'elle ramenait toujours d'un seul côté. Elle était grande, un visage de madone, une peau blanche à peine rosée et des mains parfaites et délicates.

Mon père était mort. J'entendis un long silence. Je murmurai : « Maman ? » Elle ne répondit pas. Peut-être pleurait-elle. Elle ne m'avait pas dit grand-chose, seulement quelques mots, et j'avais suivi, sans réfléchir, tel un automate, la douceur de cette voix maternelle, inconnue jusqu'alors. Son écho avait frappé mon cœur par surprise et je n'avais pas pu y résister. Les milliers de kilomètres, les années passées, les vies gaspillées, les cœurs piétinés, les souvenirs oubliés, tout cela n'avait plus d'importance. Ma mère avait besoin de moi. Je rentrais. Semblable à un chien sans orgueil qui n'aurait même plus le réflexe de montrer les dents, j'étais soumis à elle, comme un animal à son maître.

Je ne devais plus revenir, tout cela était fini. J'étais sans famille, n'avais plus de souvenirs. J'avais changé de patrie. Je ne connaissais plus rien des fêtes nationales, ni de nos rituels ou de nos religions. Mon père était mort pour moi depuis longtemps. Mais j'enfilais pourtant maintenant une chemise à manches longues pour me parer à un climat qui n'était plus le mien. J'étais choqué par ce coup de théâtre soudain qui, en quelques minutes, avait mis un terme à ma résistance, abolissant toutes les mesures d'éloignement que j'avais mises en place depuis plusieurs années. Un mouvement imperceptible s'était sans doute amorcé dans mon cœur lorsque j'avais entendu la voix de ma mère, transie par le chagrin. Elle semblait m'appeler au secours. Mes frères étaient trop fragiles, disait-elle, ils ne sauraient pas s'y prendre, étaient désarmés face à la mort, personne ne leur avait expliqué comment s'occuper d'un cadavre. Elle comptait sur moi, me savait fort, il ne lui restait plus que moi. J'entendais tout cela dans ses silences. Je serais son sauveur, pensais-je. J'en prenais presque la pose du chevalier, dans ma petite maison bleue au bois rongé par l'humidité. Je me sentais vivant. J'espérais que tout cela n'était pas le fruit de mon imagination. Je pensais pourtant avoir cessé d'espérer. Je ne savais pas quelle attente renaissait là en moi, mais j'en reconnaissais l'abîme.

Avant de partir, je passai à l'atelier de textile dans lequel je travaillais depuis plusieurs années. J'étais le seul Français dans cet établissement appartenant à une vieille famille indienne. Ma tâche était simple, monotone et sans enjeu. Mon salaire avait très peu augmenté depuis dix ans, mais je n'avais aucun besoin. Je supervisais le départ de commandes à destination de différentes marques de vêtements européens. Chaque pièce devait être conforme au prototype.

Je rentrai dans le bureau du directeur, M. Guru Kumar, pour lui demander mon salaire mensuel avec un peu d'avance. Cela était si loin de mes habitudes qu'il n'eut pas l'air de comprendre. Il essuya son front dégoulinant de sueur malgré le ventilateur qui tournait au-dessus de sa tête. Je regardai son cou plissé par la graisse et pensai que cela ne devait pas être commode d'éponger chacun de ses plis. Je bafouillai maladroitement des excuses pour mon départ précipité. Il ne semblait pas m'écouter et continuait à retranscrire des chiffres sur son cahier à carreaux blancs. Ne sachant plus quoi dire, je lui annonçai que mon père était mort. Il s'arrêta d'écrire et me regarda comme s'il me voyait pour la première fois. Silencieusement, il se leva, non sans difficulté vu son embonpoint, et fit le tour de son bureau pour me serrer dans ses bras avec la force d'un sumo. Je n'avais eu, jusqu'alors, que des rapports distants avec M. Guru Kumar, et ce mouvement de compassion me mit tout de suite mal à l'aise. Il détacha de son poignet un petit bracelet en cuir et me le tendit en guise de consolation. Je lui offris, pour le remercier, mon sourire d'imposteur, la mort de mon père n'étant pour moi qu'une formalité.

Quinze ans plus tôt, j'avais quitté Paris en pensant ne plus jamais y revenir. Trop de souvenirs. Les pires ayant pris le dessus sur les meilleurs. J'ai fui, en laissant tout derrière moi, pour tenter d'oublier et de ne pas mourir. Je m'interdis la nostalgie, je suis un être de l'instant. Ma vie commence à chaque aube nouvelle et se termine chaque soir. Je ne possède rien, ne suis attaché à personne. Je vis la vie d'un moine démuni de sacrement. De mon passé, je ne me souviens de rien. Ma mémoire s'est éteinte lentement, après une guerre acharnée. J'ai coupé, un à un, tous les fils qui menaient à mes souvenirs. Avec les années, j'ai construit un barrage solide autour de ma mémoire délirante et envahissante qui, autrefois, retenait le moindre détail. Il suffisait que je fixe mon attention quelques minutes sur un instant, même anodin, pour que son souvenir s'imprime en moi comme un tatouage indélébile.

M. Guru Kumar insista beaucoup pour me déposer à l'aéroport, mais je parvins à inventer un prétexte. Il reposa ses clés sur son bureau anglais en bois. Devoir parler à quelqu'un pendant tout le trajet, surtout dans cette chaleur, était au-dessus de mes forces. Par la fenêtre de l'autobus, je regardais les enfants courir et les femmes marcher dans leurs vêtements multicolores. Des roses éclatants, des bleus vifs, des jaunes insolents, des oranges, des verts habillaient ces êtres de classes sociales différentes ; riches ou pauvres, toutes les femmes déambulaient dans leurs couleurs vives. Je viens d'un pays aux teintes ternes et je transporte en moi cette grisaille. En Inde, rien ne m'est familier, pas plus les odeurs que la lumière ou la langue, tout est différent. Ici, j'ai moins d'importance qu'une vache sacrée.

J'aimais l'idée qu'il existait peut-être une vie après la mort, où l'on pourrait tout recommencer. J'avais cherché longtemps la paix, mais en quinze ans je n'avais trouvé que le répit. Un état de calme plat, que personne, aucun ami, aucun amour, aucun sentiment ou aucun souvenir ne venait perturber. Un temps d'où le passé était banni, une halte pour le futur, une existence uniquement dédiée au présent, vécue minute après minute, sans regret de sa fuite, et sans quête du bonheur. Peut-être avais-je ici commencé ma vie de vache, broutant l'herbe et secouant parfois la queue pour chasser quelques mouches.

J'avais faim. Je n'avais pas déjeuné. Dans ce départ précipité, je pense avoir laissé le riz brûler dans la casserole. Arrivé à l'aéroport, je me suis dirigé vers le comptoir des vols internationaux. L'hôtesse était aimable. Je lui ai donné mon nom pour qu'elle retrouve le billet prépayé par ma mère. J'ai transformé l'aller simple première classe en un aller-retour en classe économique. Je n'avais rien à enregistrer. J'ai souri mécaniquement à l'hôtesse en reprenant mes documents. La carte d'embarquement glissée dans la poche de ma chemise, j'ai passé la douane et traversé le long couloir qui menait à l'avion.

Durant le vol, j'ai dormi profondément. Rien n'aurait pu troubler mon sommeil. Oubliant le petit filet d'air qui me glaçait le cou, mon mètre quatre-vingt-sept plié en quatre, le dos courbé, les genoux au menton, je me suis réfugié, sans drogue, dans un sommeil sans rêve qui me coupa du monde. Au réveil, je ne me souvenais plus de m'être endormi. J'avais fermé les yeux comme on ferme une porte à double tour, pour ne plus y revenir. Pendant douze heures d'affilée j'avais erré dans le néant.

Depuis que j'avais arrêté l'héroïne, je ne dormais plus que par plages de trois heures. Je m'étais sevré de manière barbare, sans aucune assistance médicale. Mon corps et mon esprit étant trop sujets à l'addiction, je me méfiais des somnifères, des anxiolytiques et de tous ces produits.

Avec le temps, j'avais accepté les insomnies et renoncé à la possibilité d'un sommeil continu. Il m'arrivait souvent de me relever juste après m'être couché et, sachant que je ne me rendormirais pas, de prendre une douche pour commencer ma journée, au milieu de la nuit. Je ne laissais jamais à mon esprit la possibilité de divaguer, ce qui est inévitable lorsqu'on est allongé.

L'hôtesse me réveilla peu avant l'atterrissage pour que j'attache ma ceinture. J'ouvris les yeux, hagard, ne sachant plus vraiment où j'étais. Mon voisin me tendit une fiche d'immigration que je refusai. J'étais français.

La descente rapide de l'avion vers la terre s'amorça. Je m'accrochai aux accoudoirs. J'avais l'impression de quitter les cieux pour plonger en enfer. J'imaginais le bolide transpercer la terre et continuer à descendre furieusement vers les ténèbres sans s'arrêter. J'aurais ainsi, sans le savoir, embarqué pour un vol sans retour. Non pas mortel, juste une chute interminable. Je fermai les yeux et chassai cette image. Le mouvement de l'avion s'apaisa.

Je reconnus une odeur familière qui se mêlait à celles du petit déjeuner qu'on nous avait servi dans l'avion. Je me redressai pour humer ce parfum. C'était mon père que je sentais. Une odeur fleurie, fruitée, presque féminine, ambiguë, comme lui. Les morts laissaient-ils derrière eux ces empreintes à l'intention des vivants, comme pour les guider dans un jeu de pistes qu'ils auraient préparé toute leur vie afin qu'on ne les oublie pas ? Par une étrange coïncidence, mon voisin se parfumait avec une eau de Cologne que je ne connaissais que trop bien. Je n'avais pas fait attention à lui à l'embarquement, ni pendant le vol, mais, avec ce parfum, il pénétrait directement dans mon intimité. Je l'observai sans me cacher. Je ne sais quand il s'en rendit compte, mais cela n'eut pas l'air de le déranger. Il venait de terminer de se parfumer. Il posa avec délicatesse la petite bouteille d'eau de Cologne encore ouverte sur l'accoudoir, prévoyant certainement de l'utiliser de nouveau. J'éloignai mon coude pour ne pas la renverser. Il me sourit, sans me regarder. Il avait l'air satisfait. Ses mains s'agitèrent pour rassembler ses affaires. J'enviais son enthousiasme. Son visage était détendu. Il devait avoir une quarantaine d'années et avait déjà perdu beaucoup de cheveux sur le haut du crâne. Il avait les traits fins des Indiens du Sud et une grande gentillesse se dégageait de son visage. Sa joue, malgré son teint brunâtre, avait gardé la trace de son oreiller. Les marques de son sommeil ne ressemblaient pas aux miennes, elles formaient un ensemble de sillons sur sa peau, et faisaient ressembler sa figure à une terre bien labourée attendant la pluie pour la nourrir, et le soleil pour la sécher. Sa vie devait être calme et ordonnée, pensai-je. Il n'y avait rien de mécanique dans ses gestes, et rien chez lui ne parlait de solitude. Il était vivant, incarné. Même seul, il paraissait être avec d'autres. Il devait y avoir de l'amour dans sa vie, quelque part. Un amour vrai, dépourvu de nostalgie, semblable à ceux qui vous donnent envie d'être éternel et de tout suspendre pour que rien n'en disparaisse. Je regardai la taille de sa bouteille de parfum. Je n'en ai jamais vu d'aussi petite. Avant de la reprendre et de la ranger dans ses affaires, il la referma avec délicatesse, en veillant à bien serrer le bouchon pour que rien ne s'en échappe. Son bonheur, pour moi inaccessible, avait l'air si simple. J'eus envie d'y goûter. Je l'enviais comme j'enviais autrefois mes proches lorsque je les voyais savourer leurs endives alors même que je savais que je n'en supportais pas l'amertume.

Je n'arrivais pas à me défaire de cette odeur de fleur d'oranger; c'était celle de Louis Rambaldini, mon père. Il y avait toujours eu, dans sa salle de bains, ce précieux flacon vert aux inscriptions dorées. Elle renfermait pour moi une part de son identité aussi importante que la couleur de ses yeux ou sa petite moustache à la Clark Gable.

Les roues touchèrent brutalement le sol, me ramenant d'un coup sec à la réalité. Certains passagers applaudirent le pilote. J'écoutais attentivement le bruit de leurs mains s'entrechoquant. Il ne ressemblait pas aux saluts d'un spectacle. C'était un son beaucoup plus sourd, dans lequel on entendait l'écho de leur soulagement. Je me demandais combien de personnes sur ce vol avaient peur en avion. Je regardais par le hublot le goudron de la piste défiler sous mes yeux. Le sol mouillé scintillait bien que, dehors, la lumière fût grise. Dans mon souvenir, il n'y avait pas ce grand bâtiment sur la droite. Peut-être avaient-ils agrandi l'aéroport? Une voix annonça une température qui me frigorifia. Je n'avais plus de vêtements appropriés pour ce genre de climat. Je détestais avoir froid. Il pleuvait, une petite bruine sans panache. Je venais de me poser sur le sol français. Derrière moi, des gens continuaient d'applaudir.

Charles-de-Gaulle. Paris. La France, le pays de mon enfance. Je pensais à la chanson de Charles Trenet, mais la France ne m'avait jamais été douce. D'elle, je ne connaissais que peu de chose, un seul paysage. J'avais vécu, avec les miens, à Paris, dans une cité interdite, où nous cohabitions, chacun de notre côté.

Désormais, je n'avais plus de famille. Peu importait le sol français. Tous les matins, un autre jour. Un pas vers l'avant, modéré, pas trop rapide pour ne pas ressentir l'insupportable fugue du temps. Je n'avais pas fui. J'avais refusé de mourir, j'étais parti à la recherche d'une autre vie possible. J'avais réappris à vivre selon des règles simples. C'est ce qui arrive quand on ne veut pas mourir de chagrin, on cherche à respirer différemment, moins profondément, en veillant à laisser les sentiments flotter à la surface.

Mon sommeil, pendant ces douze heures d'avion, n'avait pas été bénéfique. J'avais perdu le contrôle. Pour la première fois depuis plusieurs années, des bribes de souvenirs jaillissaient dans ma tête. Des images confuses, mais qui, en revenant, plantaient dans mon abdomen mille petits coups de couteau. Mes jambes ne tenaient pas en place. Je touchais nerveusement le métal froid de l'accoudoir. Je ne sais si c'était la vitesse de l'avion, mon réveil en sursaut, ou ces longues heures sans manger, mais tout mon corps se mit à trembler. Il se vengeait peut-être de ma trahison. Je lui avais promis que nous ne foulerions plus ce sol. J'étais revenu sur une décision que je pensais irrévocable, et j'étais arrivé là les mains vides, sans bagage ou idée de ce que j'allais y faire. Je n'avais pas eu le choix, je savais que ma volonté n'aurait pu aller contre ce que cette voix maternelle avait toujours provoqué en moi. J'étais parti sans réfléchir en entendant l'imperceptible fragilité de son ton, cet appel qui ne m'était, je le savais, pas même destiné, mais l'illusion qu'il le soit avait suffi pour que je le suive. Un effort, un seul, même celui d'un tout petit bagage à faire pour amasser l'essentiel, et je ne serais pas parti. Sans doute, si j'avais tenté, mes mains n'auraient pas cru ce mensonge, et je serais resté.

Les passagers autour de moi se levaient rapidement, pressés de rejoindre la sortie. Certains devaient être attendus par des proches et paraissaient impatients de les retrouver. Je laissai passer mon voisin, mais décidai de prendre mon temps et de tous les laisser sortir, les uns après les autres. Je ne me lèverais pas avant que le dernier passager ait franchi la porte de l'avion. Cela me rappela les jeux que nous nous inventions, enfants ; ne pas poser le pied sur une ligne blanche, monter les marches deux à deux, manger la dernière cerise si nous avions mangé la première, ramasser jusqu'à la dernière, infime, miette de pain, ouvrir la bouche sous la pluie, la refermer toutes les vingt gouttes, dix fois d'affilée, et surtout, le plus important, toujours sortir par la porte par laquelle nous étions entrés. Ces petits vœux que l'on fait pour qu'aucun malheur ne survienne. Je n'en avais certainement pas fait assez. J'aurais pu ne jamais marcher sur un trottoir mouillé par la pluie, ou veiller à toujours éviter de toucher les murs des immeubles, tout comme j'aurais pu ne jamais, au grand jamais, rentrer dans les immeubles portant les numéros sept, neuf ou cinq, ou tout autre chiffre impair. Il y avait tant de vœux possibles. Il aurait suffi d'un peu moins de paresse et d'un peu plus d'imagination. Quel dommage d'avoir perdu toutes ces chances d'échapper au chagrin !

Le nombre de passagers diminuait. Je regardai par le hublot un homme qui s'éloignait, poussé en chaise roulante, et pensai qu'il n'existait aucun moyen de secourir le handicap qui me frappait. Mon cœur se comprimait dans ma poitrine, tentait de contenir l'avalanche d'émotions prêtes à me submerger. Je regardais le ciel gris qui dressait une chape de plomb au-dessus du monde, dehors, et la dernière image que j'avais eue avant de m'endormir me revint : le ciel indien et sa palette de teintes orange. Je revoyais, devant moi, les sourires des femmes indiennes dans leurs saris multicolores, et je songeais à ma petite maison au bord du Gange, trop grande pour moi seul, dont je n'habitais qu'une pièce et dont le mobilier se réduisait à un matelas posé au sol, son couvre-lit bleu indigo que j'avais acheté avec mon premier salaire, une commode en bois précieux et une table blanche un peu bancale. J'étais maintenant seul dans cet avion au décor clinique, encerclé par les sièges vides et ces odeurs devenues rances en quelques instants. A l'extérieur, les gens relevaient leurs cols ou posaient leurs sacs pour s'entourer le cou d'un foulard. Ils avaient l'air saisis par le froid humide du matin. De la buée sortait de leurs bouches à chaque expiration. Je n'avais pas envie de faire partie de ce tableau, je préférais regarder couler ma rivière indienne, ou la transpiration sur le grand front de M. Guru Kumar.

J'entendis soudain des pas saccadés et tournai la tête. Une hôtesse s'approcha de moi et me demanda, l'air agacé :

— Vous êtes malade ?

Je secouai la tête sans la regarder, mais ne me levai pas. J'eus l'impression désagréable qu'elle me jugeait, et la peur ridicule qu'elle ne m'interroge sur mon retour en France et mon départ précipité. Mes yeux étaient à la hauteur de sa taille et je me dis qu'elle devait être jeune, devinant, sous sa jupe, la ligne de son ventre disparaître derrière les os de son bassin. Gêné par ces quelques instants de silence, je levai les yeux vers elle. Elle perdait patience.

— Vous devez quitter l'avion, me dit-elle sur un ton presque agressif qui me fit l'effet d'une gifle.

J'étais si fébrile que, si elle y avait mis un peu de douceur, je me serais probablement écroulé sur cette moquette synthétique bleu marine et ses rayures jaunes en lui demandant pardon pour toutes les fautes que j'avais commises. Mon corps entier tremblait, mais je n'éprouvais aucune tristesse. Je connaissais trop la solitude pour qu'elle me blesse encore. J'expliquai ma fragilité par mon manque de repos véritable et de nourriture. Une simple crise d'hypoglycémie. Je me levai doucement et, tout en comptant les rangs pour ne pas m'évanouir, quittai l'avion.

Je marchai lentement vers l'autobus prêt à fermer ses portes. Certaines personnes me jetèrent des regards furieux qui me frappèrent malgré la distance qui nous séparait. Après douze interminables heures dans cet avion, ils n'avaient pas à attendre un homme à la longue tignasse et à l'air perdu, qui avançait lentement vers eux en titubant. Je ne voulais faire attendre personne, surtout pas mon voisin à l'odeur si familière et au visage si sympathique, mais je ne pouvais pas aller plus vite. Comme elles m'agaçaient, ces jambes engourdies ! J'exécrais la mollesse ! Et me voilà qui marchais au ralenti, comme dans un mauvais film de série B. J'avais passé des années à tout faire pour me rassembler et tenir debout et, en quelques heures seulement, j'avais perdu tout sens de l'équilibre. Je voulus me gifler pour reprendre mes esprits, mais les deux cents regards braqués sur moi m'en empêchèrent, j'avais trop peur qu'ils ne me prennent pour un fou.

J'étais seul à marcher dans le vacarme assourdissant des avions, mais je ne pensais plus seulement à moi. Je pensais pour six. Nous avions été six.

Je songeais surtout à lui. Mon adoré. Je regardais l'asphalte pour ne pas voir ces tours de contrôle narquoises, qu'il aimait tant. Gabriel.

Mon frère, malgré ses dix-huit mois de plus, était mon jumeau. Lui, l'aîné, était à peine plus grand que moi, suffisamment toutefois pour que je doive lever la tête pour l'admirer.

Je me concentrai sur ma respiration, j'inspirai deux fois et expirai deux fois. A chaque inspiration je laissais rentrer en moi un air ancien dans lequel je retrouvais, par bribes, celui que j'avais été, quinze ans plus tôt. Un adolescent blessé, mais un enfant encore plein d'illusions, qui souriait à la vie, ignorant tout du malheur. Pour chasser ces images je devais cesser de respirer, ou seulement le moins possible. Toute notre vie se résume dans notre respiration. Tout peut changer selon la manière que l'on a de respirer. J'inspirai une fois, expirai à peine.

II

Mon père avait soixante-deux ans quand on l'a retrouvé mort dans son lit. Il était riche, très riche, mais son argent ne put rien contre sa maladie. Depuis un an, il se battait contre un cancer du côlon. Les meilleurs médecins n'avaient pas pu le guérir, et les dons qu'il avait faits à l'Eglise pour conjurer le sort n'avaient servi à rien.

Ma mère m'envoyait des nouvelles de lui que je lisais sur l'écran d'ordinateur du cybercafé où j'allais tous les quinze jours, à côté de chez moi. Je savais qu'il avait plusieurs fois demandé à me voir. A peine un mois plus tôt, j'avais reçu une lettre de lui que je n'ai jamais lue. Je savais ce qu'il m'y demandait ; que je lui pardonne l'impardonnable. Il ne croyait pas en Dieu mais se méfiait du Jugement dernier. Un reste d'éducation religieuse l'avait fait rentrer dans la course au pardon juste avant de mourir. C'est la seule chose qu'il avait retenue de la religion catholique. Le *mea-culpa* était nécessaire pour obtenir l'absolution. Le rachat. Je faute mais je me rachète, ainsi tout ira bien. Il avait toujours fonctionné comme ça. « Avec tout l'argent que je leur donne, ils ont intérêt à me construire un palais au paradis ! », plaisantait-il. Mais, au seuil de la mort, les prêtres ne lui suffisaient plus, il ne croyait plus au secours du père, il lui fallait l'absolution du fils.

Mon père avait l'allure d'un pur-sang arabe et se déplaçait avec grâce. Il était grand, large d'épaules. Ses mains épaisses contrastaient avec la délicatesse presque féminine de son visage. Ses traits réguliers, son long cou, ses grands yeux noisette et sa fine moustache le faisaient ressembler à une star de cinéma des années cinquante, particulièrement lorsqu'il allumait ses cigarillos à l'aide de son briquet en argent massif.

C'était un homme complexe, méchant mais sentimental, et souvent les gens se trompaient en le pensant sensible. Il pouvait être envoûtant, mais c'était un escroc des émotions. Je l'ai compris à mes dépens. Il se donnait des allures respectables mais c'était le plus vain des hommes. Il adorait, par exemple, écrire des lettres et y laisser couler quelques larmes en guise de signature. Je garde encore cette image de lui, assis à son bureau, son stylo à plume en or Montblanc entre les mains, prêt à gratter son papier à lettres frappé de ses initiales.

« Dites aux enfants de ne pas faire de bruit. Monsieur écrit. »

Lorsqu'il parlait de « Monsieur », Victor, l'homme de maison, qui croyait tant au mythe de mon père, s'armait toujours du plus grand sérieux.

Victor était rentré au service de la maison quand mon père était encore célibataire. Il lui était d'une dévotion absolue. Il l'adorait. Je n'ai jamais vraiment su pourquoi, mais je l'ai toujours lu dans son regard. Il le vénérait. Il était plus âgé que lui, mon père étant de dix ans son cadet. Sans être un homme méchant, c'était un être faible. Sa soumission était telle qu'il était presque devenu, pour moi, une personne sans visage. Malgré les dix-huit années que nous avons partagées, il s'était complètement effacé de ma mémoire. Dans mon souvenir, il n'est ni grand ni petit. Ne me reste que sa silhouette, et son dos toujours très droit. Il faisait partie des personnages qui avaient aidé mon père à devenir un monstre. Ce dernier pouvait tout lui dire, Victor ne manifestait aucune objection, pas même dans son humeur. Je pense ne l'avoir même jamais entendu maugréer dans un couloir.

J'ai conservé, par principe, la lettre de mon père. Je ne jette jamais aucune lettre personnelle. Elles sont si rares. J'en ai reçu cinq dans ma vie, et je les ai toujours avec moi, pliées dans une pochette en cuir. Lorsque j'ai reçu la dernière, j'ai tout de suite reconnu son écriture bleu marine et ses lettres excessivement penchées sur la droite. Je n'ai pas pu la lire.

Je me dirigeais vers la sortie et m'apprêtais à franchir la douane sans y rien déclarer, lorsqu'un officier me fit signe de m'arrêter. Je m'avançai vers lui.

— Où sont vos bagages ? me demanda-t-il sur un ton ferme.

— Je n'en ai pas.

Je réalisai soudain qu'il était effectivement très étrange, après un si long voyage, de se promener les mains vides.

— Je ne suis là que pour très peu de temps, dis-je en essayant maladroitement de me justifier.

Il tourna les pages de mon passeport sans me regarder.

— Vous arrivez d'où ?

— De Calcutta.

— Sans bagages ?

— Je les ai oubliés.

Je ne savais plus vraiment ce que je racontais, mais il fallait que je trouve une explication rapide à cette situation. Qu'est-ce qui m'avait pris de partir sans rien ?

— Vous étiez parti pour des vacances ? continua le douanier sur un ton autoritaire.

— Non. Je réside à Calcutta.

— A qui avez-vous confié vos bagages ?

— Je n'en ai aucun. Je sais que ça n'est pas très clair pour vous, mais je vous rassure, pour moi non plus, ajoutai-je.

Un petit rire faux et étouffé m'échappa, le son étant resté coincé au fond de ma gorge. Il y a longtemps, j'avais été un type drôle qui tournait tout en dérision, surtout les choses extrêmement graves. Mais, à la mort de mon frère, j'avais cessé de rire. C'était arrivé comme ça, sans que je le veuille, je n'avais plus jamais senti me traverser cette légèreté qui me permettait autrefois de me sortir des situations les plus embarrassantes et de m'apaiser par l'humour. Pour rire, j'avais besoin de l'imaginer vivant. A cet instant, face au sérieux de ce douanier, si nous avions été tous les deux, un fou rire aurait été inévitable. Mais les morts emportent avec eux nos éclats de rire les plus ingénus.

— Vous revenez souvent en France ? insista l'officier, l'air de plus en plus suspicieux.

— C'est la première fois.

Il ne comprit pas ma réponse et replongea dans mon passeport.

— Né à Paris. Ce n'est donc pas la première fois que vous mettez les pieds sur le territoire français.

— Enfin non... Mais c'est la première fois depuis quinze ans, lui répondis-je avec hésitation.

Il me scrutait sans sympathie et une vague de culpabilité me traversa. Il me demanda de le suivre pour pouvoir procéder à une fouille. Immédiatement, ma vieille paranoïa d'ex-toxicomane me reprit. Et si j'avais oublié un petit paquet bien plié dans l'ourlet de ma veste ? Un gramme d'héroïne collé dans ma chaussure, sous la semelle, ou cousu entre les deux lamelles de cuir de ma ceinture ? A l'époque, j'en cachais partout. Un jour que j'avais été hospitalisé pour une hernie, le médecin qui m'opérait, un ami de la famille, avait appelé mon frère pour qu'il vienne « nettoyer ma chambre ». Il n'avait jamais vu ça. Dix-huit paquets. J'en avais même caché sous le matelas du patient qui partageait ma chambre. J'avais regardé mon frère avec la plus grande sérénité, et lui avais dit qu'il n'avait qu'à me trouver une chambre seul, à l'abri des regards indiscrets.

A présent, face au douanier, je ressentais une honte propre à ma vie d'avant. Je pensai soudain qu'un peu de prison ne m'aurait pas fait de mal, avant que je remette les pieds chez moi. Un petit sas de décompression aurait peut-être été une bonne chose. Une pièce minuscule et des barreaux aux fenêtres m'auraient permis de ne pas revoir trop de lumière d'un coup. J'aurais pu marcher dans des couloirs gris et apprendre par cœur le nombre de pas entre les allées et ma cellule. Cent soixante-quatre pas, que j'aurais comptés, non par superstition, mais sans y réfléchir. Je serais peu sorti, restant le plus longtemps possible enfermé, sans dormir, derrière ces murs étouffants qui m'auraient protégé du monde extérieur. C'était peut-être ça, la solution, un endroit qui aurait pu légitimer mon absence sans nouvelles, ma vie solitaire, et expliquer comment j'avais pu lâchement abandonner mes petits frères, Julien et Tristan, que je connaissais à peine du fait de notre grande différence d'âge, et qui devaient avoir huit et dix ans lorsque j'étais parti.

Julien, le plus grand, avait certainement compris que je ne reviendrais pas. La veille de mon départ, il était rentré dans ma chambre au milieu de la nuit et m'avait demandé si j'allais moi aussi mourir. Je l'avais regardé longuement sans répondre. Les mots ne me venaient pas facilement. Je regrette de m'être tu. J'aurais tellement voulu pouvoir lui parler toute la nuit. On peut sauver la vie d'un enfant seulement en lui parlant. Il était si différent de Gabriel. Il n'était pas très beau, avec son nez un peu trop long, mais son regard noir et franc encadré de ses grandes boucles noires lui donnait un air de conquérant qui le rendait assez séduisant. Je l'avais laissé s'allonger sur mon lit et l'avais serré contre moi jusqu'à ce qu'il s'endorme, bercé par mon silence. J'étais allé chercher Tristan, le plus petit, endormi dans sa chambre, pour l'amener à côté de son frère. Mieux vaut toujours être à deux, on multiplie ainsi les chances de s'en sortir. Je leur souhaitais un sort différent de celui de Gabriel et du mien. Je les ai observés longtemps se retourner dans leur sommeil. Ils étaient encore pleins d'innocence. Je savais que je les abandonnais à bord d'un navire qui commençait à prendre l'eau, mais je suis quand même parti à l'aube, et les ai laissés seuls, sans un mot, avec ce fou de père et cette mère emmurée dans un chagrin qui avait renforcé sa froideur. Elle avait, je pense, sombré dans une folie muette.

Secrètement, j'espérais que le douanier me délivrerait en trouvant un petit paquet de drogue oublié. Je n'avais plus peur de son regard méprisant. Ma paranoïa narcissique avait été remplacée par l'espoir d'un exil forcé.

Le fonctionnaire finit sa fouille, infructueuse, et me rendit mon passeport sans cacher sa déception, mais sans se douter de la mienne. Il m'indiqua la sortie. Je n'avais plus rien à faire ici, aucune affaire à rassembler. Je refermai les deux boutons de ma veste. J'étais seul. Je n'avais personne vers qui marcher, personne qui m'attendait avec impatience et que j'aurais aidé à porter un sac trop lourd tout en m'excusant du retard causé par la longueur de mes cheveux et la stupidité d'un homme de loi ignorant que ce sont rarement les hippies qui se promènent avec de la drogue plein les poches.

Il n'est pas évident pour un homme de vivre seul et de marcher sans but. Mieux vaut toujours avoir des choses à faire, savoir pourquoi on met un pied devant l'autre, et vers où l'on avance. Je ne savais pas où j'allais. Rien n'était volontaire, j'étais un automate. Le peu d'économies que j'avais était dans mes poches. Quelques centaines d'euros, mon salaire, et la différence que mon changement de billet m'avait value. Cela devait suffire pour quelques jours. Il aurait toutefois été raisonnable que j'utilise les transports publics, mais, dans ce pays, cela n'avait jamais été envisageable pour moi, et j'étais incapable de changer cette habitude maintenant. J'avais pu sans difficulté me noyer dans la foule indienne, mais l'idée de me retrouver écrasé dans un autocar parmi tous ces visages, dont les traits de certains auraient pu me faire penser à des personnes de mon passé, me donna la nausée. Il fallait que je prenne un taxi. Tranquillement, un pas puis un autre, tout était redevenu très simple. Je savais vers quoi je marchais. Ma mère m'avait appelé pour que je lui vienne en aide, elle ne m'avait jamais rien demandé jusqu'ici, je ne pouvais pas faire autrement. Et puis, tout était possible à présent que mon père était mort. Son décès annonçait forcément le début d'une nouvelle vie.

Les portes vitrées s'ouvrirent à mon passage. Devant moi, mon voisin de voyage, l'homme aux gestes inspirés, embrassait une femme. Il tenait dans ses bras une petite fille vêtue d'une robe rose et blanc, qui aurait pu paraître inappropriée sur une autre enfant, mais qui, portée par cette fillette indienne aux grands yeux noirs et aux fines attaches, lui donnait un air de princesse des *Mille et Une Nuits*. Elle ne devait pas s'habiller comme ça tous les jours, et c'était certainement pour accueillir son père qu'elle avait mis cette robe de fête. Elle devait déjà savoir la veille en se couchant qu'elle la mettrait, et l'avait probablement posée délicatement près de son lit pour ne pas la froisser. Une fleur rose pâle était accrochée dans ses cheveux noirs luisants. Je la trouvais jolie et souris malgré moi. Un sourire pour cet homme, ce compagnon de voyage, qui ne me voyait pas et qui, sans le savoir, m'avait donné un soupçon d'espoir en se parfumant de cette odeur familière de fleur d'oranger. L'image de sa petite fille préparant sa robe ne me quittait pas. Je repensais aux gestes de son père dans l'avion, et à la communication invisible qui peut exister entre deux personnes qui s'aiment. Je ne savais pas s'il avait aimé sa fille davantage durant le vol, lorsqu'il pensait seul à elle, ou s'il l'aimait d'autant plus maintenant qu'il la tenait dans ses bras. Le sentiment d'amour se décuple en l'absence de la personne qu'on aime et, quelques instants avant de la retrouver, le cœur s'emballe toujours. Mais quand l'absence est définitive, et qu'il n'y a plus seulement la distance terrestre pour nous séparer de l'être aimé, le cœur s'éteint. Mon frère avait rempli une grande partie de ma vie, je l'aimais passionnément et son décès m'avait anéanti. Je n'ai pas eu le courage de le suivre dans la mort. Le destin, ou un concours de circonstances, m'avait emmené ailleurs.

Personne n'était venu m'attendre à l'aéroport. Je ne me souvenais plus si j'avais clairement dit à ma mère que je prendrais le vol du soir, mais j'avais dû oublier, sans cela elle m'aurait envoyé son chauffeur. Ma mère était extrêmement bien élevée et suivait toujours à la lettre les règles de la politesse. Tout ce qui devait être fait l'était. Les cartes de remerciements, les fleurs envoyées pour les anniversaires, les étrennes pour la gardienne, les vœux de fin d'année, les cartes postales écrites de nos lieux de vacances... Elle pensait à tout. Les codes de conduite et les témoignages de notre bonne éducation étaient une chose cruciale pour elle. En la quittant, je n'avais respecté aucune de ces convenances. Je devais l'avoir profondément peinée, et elle devait bien plus souffrir de cela que de mon absence. Elle aurait certainement préféré que j'envoie, comme un tueur tout droit sorti d'un livre d'Agatha Christie, des petits mots à mes victimes pour leurs anniversaires, plutôt que mon silence. Mais je ne pouvais pas, comme elle, accorder au décorum une importance sans sentiment.

Je cherchai la sortie qui menait aux taxis. Derrière la vitre, j'aperçus un panneau lumineux sur lequel était écrit : *Aujourd'hui sur Paris grisaille dominante.* C'était peut-être un panneau d'accueil installé là pour moi, un peu en hauteur, afin que je sois obligé de le voir et de constater que rien n'avait changé. En quittant l'Inde, j'avais laissé derrière moi toutes les teintes, les images, les odeurs qui m'avaient aidé à oublier mon ancienne vie. Là-bas, je m'étais enivré de ses roses, de ses rouges et de toutes ses chaudes couleurs pour oublier le noir, et conjurer la mort. Mais peut-on se remettre de la mort d'un frère ? C'est un peu comme un tremblement qui bouleverse la terre. J'étais parti pour me sauver, mais aussi par lâcheté. Je n'avais pas eu le courage de vivre dans les décombres de ce qui pouvait rester de notre famille, après que la mort nous avait frappés. Depuis que j'avais atterri sur le sol français, je sentais bien que quelque chose en moi avait de nouveau bougé. Je reconnaissais tout, et plus rien en même temps. J'avançais à pas feutrés vers une zone de danger et, même si je pressentais qu'en revoyant ma famille je pourrais m'écrouler, l'espoir maudit qui m'animait m'obligeait à mettre en sourdine cette intuition, et à penser que les choses pouvaient encore changer, que tout pouvait être pardonné et que la douleur pourrait disparaître, s'éloigner. Un pas devant l'autre.

La file d'attente des taxis était interminable, au moins une centaine de personnes patientaient devant moi. Plusieurs vols étaient arrivés en même temps et, malheureusement, un seul homme était en charge de l'organisation. Les gens s'énervaient. Peut-être avaient-ils froid. Des enfants pleuraient. Des mots fusaient de toutes parts, à droite à gauche, fractionnés par l'impatience générale. Certains se demandaient si une grève n'était pas la raison de cette attente interminable. L'organisateur, reconnaissable à sa casquette rouge, ne perdait pas son calme. Il semblait trop impassible face à la situation, sa tranquillité rendait les gens fous.

— Vous pouvez me dire ce qu'il fait ? criait un homme aux cheveux longs.

— Ce n'est pas possible d'être aussi lent, renchérit un second qui portait un enfant endormi dans ses bras.

— Je suis sûre qu'il le fait exprès ! s'exclamait une femme un peu ronde, vêtue d'une robe coquette, mais hors saison et trop habillée pour l'occasion.

— C'est pas possible, un abruti pareil ! Crétin, va ! lança une voix d'assez loin.

Tout le monde était d'accord, cet organisateur ne servait à rien. Lui ne répondait pas, restait stoïque. Les commentaires mal élevés semblaient ne pas l'atteindre. Il était organisateur, il organisait, continuant son travail méticuleux, orientant les familles nombreuses vers les maxi cabs et les couples ou les solitaires vers des voitures plus petites. C'était comme ça, malgré les insultes, que cela devait se passer. C'était mathématique, la règle, qu'importe les événements. Le problème était qu'il y avait très peu de familles et beaucoup de maxi cabs, et que cet homme étrangement petit, presque de la taille d'un enfant, s'entêtait à ne pas laisser les gens seuls entrer dans les voitures qu'il ne trouvait pas appropriées. Un tic insupportable lui faisait plisser ses petits yeux toutes les cinq secondes en dodelinant de la tête, et le faisait ressembler à ces petites figurines désarticulées que certains mettent à l'arrière de leurs voitures.

Une jeune femme, hors d'elle, épuisée par l'attente, tenta de forcer le passage pour se diriger vers une voiture.

L'organisateur, du haut de sa petite taille, lui barra fermement la route en criant :

— Madame ! Attendez votre tour.

— Mais tous ces taxis-là sont vides ! Je n'ai pas que ça à foutre ! hurla-t-elle, au bord de l'hystérie.

— Ecoutez, madame, laissez-moi faire mon travail ! répondit-il, entre deux tics.

— *Mademoiselle*, monsieur. En plus, il est bigleux.

Ce brave homme l'ignorait, il ne regardait personne, et continuait à compter mécaniquement ses voitures, sous cette pluie d'insultes parisiennes.

Je l'admirais. Je le trouvais courageux, peut-être aussi parce que je n'étais pas pressé. J'acceptais volontiers ce temps suspendu, il me donnait la possibilité de m'extraire de mes pensées en escalier dans lesquelles je commençais à me perdre. J'écoutais donc, avec beaucoup d'attention, ces échanges de tour de Babel où personne ne s'entend, où chacun a raison et où tout le monde a tort. Cette femme, à l'air si pressé, peut-être avait-elle une autre raison que l'impatience ou le plaisir de la grossièreté de l'insulter. Mais il y avait tant de dignité dans la façon dont l'organisateur parlait de « son travail », que je ne ressentais pour lui aucun agacement, bien que son organisation fût totalement dépourvue de logique. Il avait une façon de faire et s'y accrochait, craignant probablement qu'un grain de sable ne vienne perturber sa logistique, certes mise en place sans beaucoup de réflexion, mais qui lui permettait de conserver une autorité suffisante pour justifier son travail qu'il était seul habilité à faire. Cet homme survivait ainsi, en agitant ses petits bras dans le vide. Et, qui sait, peut-être avait-il un jour essayé de changer sa méthode et s'était-il retrouvé face à un résultat qui lui avait déplu lorsqu'il avait dressé son bilan, seul, en fin de journée. Il n'était pas aussi serein que mon compagnon de voyage. Lui semblait manquer d'amour. Il dégageait tant de solitude, avec sa petite taille d'homme qui n'aurait pas grandi. Je le regardais avec compassion, attendant patiemment mon tour avant de m'engouffrer dans la grisaille dominante. Si j'en avais le courage, avant de monter dans la voiture, je m'approcherais de lui pour lui serrer longuement la main. Peut-être que, pendant ces quelques secondes, il oublierait de cligner des yeux.

III

Mon père, Louis Rambaldini, n'avait jamais travaillé. Quand nous rentrions de l'école il était souvent encore en robe de chambre. Il lui arrivait de passer des journées entières sans sortir. C'était à la fois très mystérieux et très angoissant. Lorsqu'on me demandait quel était son métier, je ne savais jamais quoi répondre. Je restais vague, et, si mon frère était là, je le laissais mentir. Il avait l'invention facile. Je n'ai jamais été un bon menteur, je manque trop d'imagination. J'ai toujours préféré m'en tenir à la réalité ou me taire.

Mon père était d'origine italienne mais sa famille vivait en France, à Lyon, depuis trois générations. Il avait hérité d'une immense fortune. Son père, Alberto, avait réussi dans le textile. Il avait été le premier à importer le jean en France. Louis était son fils unique. La mère de mon père étant morte très peu de temps après sa naissance, Alberto l'avait élevé seul et l'avait mis en pension à l'âge de six ans, avant de se remarier avec la sœur de sa défunte femme, qui partageait déjà son lit du vivant de son épouse. Sa nouvelle femme, ex-belle-sœur, ancienne maîtresse, beaucoup plus jolie que son aînée, n'avait jamais pu avoir d'enfant. Le couple l'avait vécu comme une malédiction, ce qui leur avait permis d'oublier la trahison que leur union représentait et de ne pas culpabiliser. Alberto venait souvent chercher son fils au pensionnat pour l'emmener ailleurs et passer du temps avec lui, mais il ne le ramenait jamais chez eux. Il ne voulait pas importuner son épouse, qui souffrait de sa stérilité et avait rejeté ce neveu qui, d'après elle, leur avait jeté le mauvais œil. Mon père quitta le pensionnat à dix-huit ans pour faire son service militaire. Jusque-là aucune femme n'était entrée dans sa vie.

Avant qu'il parte pour intégrer sa caserne, son père, veuf de nouveau, sa femme ayant été emportée par le même cancer que sa sœur, l'invita plusieurs fois à déjeuner dans sa maison bien trop grande pour lui seul. Mon père était très intimidé par l'immensité du lieu, et gêné par le manque de place qu'il aurait pu trouver dans les bras de son père. L'absence d'un quotidien partagé avait rendu toute intimité impossible entre eux. Pour couronner le tout, le jour où il avait appelé son père « Papa », ce dernier lui avait répondu : « Mon garçon, tu as passé l'âge des enfantillages, appelle-moi donc Monsieur. »

Son service militaire ne dura que quelques mois. Il se blessa gravement à la jambe et fut réformé très vite. Il se maria à dix-neuf ans avec l'infirmière qui l'avait soigné à l'hôpital militaire. Son père mourut peu de temps après et lui légua toute sa fortune. Avec sa nouvelle épouse, de huit ans son aînée, ils emménagèrent dans l'immense demeure du père, dont les plafonds, semblables à ceux des palaces italiens, étaient ornés de fresques florentines très XVIIe siècle qu'Alberto avait fait peindre. Je ne sais combien de temps a duré cet épisode de vie conjugale lyonnaise, mais sa femme l'a quitté un matin sans un mot.

J'avais appris tout cela par hasard, un soir que je discutais dans la cuisine avec Victor, le majordome, qui, tout jeune, avait travaillé quelques mois au service d'Alberto Rambaldini, avant sa mort. Mon père, qui détestait la vie provinciale, avait vendu la maison de son père mais avait gardé certains objets, le mobilier, et le majordome, en souvenir d'une enfance qu'il n'avait pas vécue. Ainsi Victor l'avait-il rejoint à Paris, avec les meubles.

Quelques années plus tard, ayant fait le tour de tous les jupons qui croisaient son chemin, mon père s'est remarié avec ma mère, après l'avoir volée à son fiancé dans une salle des ventes. Il rêvait d'une grande famille, même s'il n'avait aucune idée de ce que cela voulait dire. Il avait détesté être fils unique et l'avait compris dès le premier déjeuner qu'il avait passé en tête à tête avec son père, assis à une table assez grande pour accueillir trente convives, dans cette maison démesurée. Son père, toujours tiré à quatre épingles dans son costume impeccable, avait voulu lui faire plaisir en le recevant au salon.

En arrivant en Inde, je ne savais pas où j'allais m'installer. J'ai voyagé en stop de villes en villes. J'ai traversé les campagnes dans des autobus où je me suis assoupi, bercé par les cahots, les vapeurs d'essence, la chaleur et les mots échangés autour de moi dans cette langue étrangère. Je n'ai d'abord rien vu des couleurs du pays, j'avais beau regarder défiler le paysage par la fenêtre, tout était noir et blanc à mes yeux. Je suis passé par Delhi, puis Bombay, où j'ai dormi quelques nuits dans une rue, près des poubelles, dans une ville à la pauvreté quasi médiévale. Je suis ensuite arrivé à Calcutta où je ne voulais pas rester, mais le jeune homme qui m'avait pris dans son vieux pick-up rouge y allait et, comme il avait l'air sympathique, je n'avais pas osé descendre. Sans que je sache vraiment pourquoi, je ne voulais pas rester à Calcutta. Une voix discrète me disait de quitter rapidement la ville. Avant de repartir ailleurs, j'étais entré dans un petit restaurant pour manger un morceau. La lumière extérieure lui donnait, par contraste, l'air extrêmement sombre, si bien que j'avais eu du mal à apercevoir ses quelques tables recouvertes de toile cirée et la jeune fille qui attendait les clients en mangeant son bol de riz. Elle avait souri et m'avait tout de suite installé sous le ventilateur. Après avoir fini mon repas trop épicé, comme la nuit tombait vite, j'avais cherché un endroit pour dormir quelques heures. Je voulais repartir le plus tôt possible. Quelque chose dans cette ville m'opprimait, me rendait plus triste que je ne l'étais déjà. Depuis la mort de Gabriel, j'avais comme un poignard enfoncé dans le cœur, qui me déchirait à chaque respiration.

Le lendemain matin, je m'étais réveillé à l'aube pour prendre un train pour Bénarès. A la gare, un monde fou se bousculait et le parfum insupportable des épices, mêlé à une odeur rance que je n'étais pas parvenu à identifier, avait envahi mes narines. Dans un anglais très approximatif, je m'étais renseigné sur les horaires des prochains départs. L'homme derrière le guichet, qui n'avait plus de dents et dont je ne comprenais pas un mot, m'avait expliqué à l'aide de ses mains, dans une sorte de langue des signes étrange, qu'aucun train ne partait plus. La voie ferrée était fermée depuis vingt-quatre heures à cause d'une vache qu'on ne pouvait pas déplacer. Il m'avait ensuite regardé en haussant les épaules et en soupirant. N'étant pas sûr d'avoir très bien compris cette histoire de vache, je m'étais dirigé vers la voie ferrée pour essayer d'apercevoir quelque chose. Malgré la cohue, j'avais réussi à me faufiler au premier rang. Au milieu de la voie, une vache blanche aux côtes saillantes était allongée sur le flanc. Elle ne bougeait plus mais respirait encore. Tous les Indiens autour de moi commentaient l'événement. Les conversations s'animaient, il semblait y avoir des désaccords. J'avais fermé les yeux et une autre image était venue se superposer à celle de cet animal agonisant. Celle-ci me hantait depuis des années, et venait de m'être rappelée par une atroce coïncidence. Mon frère s'était jeté sur les rails du métro. Avait-il lui aussi agonisé, comme ce misérable animal ? Les gens s'étaient-ils précipités pour essayer d'apercevoir quelque chose, poussés par leur fascination pour les choses morbides ?

Je m'étais éloigné, mon sac sur le dos, et j'avais longé l'arrière de la gare. C'est là que je l'ai vue. En face de moi, une mendiante en sari jaune berçait son enfant avec une tendresse maternelle. Je m'étais approché d'elle pour lui donner quelques pièces. Son bébé paraissait étrangement raide. La femme avait accepté mes pièces et m'avait souri avec tristesse. J'avais compris à cet instant que son enfant était mort. A en juger par ses traits presque momifiés, il devait l'être depuis plusieurs jours.

Une cascade de larmes a alors jailli de mes yeux. J'ai entendu les rires cristallins de mon enfance, j'ai vu Gabriel, et j'ai pleuré, devant cette femme, la douceur maternelle que je n'avais jamais reçue. Je communiais avec cette étrangère, partageant sa douleur, mais son regard me consolait et surpassait sa propre détresse. Je ne pouvais pas détacher mes yeux de ce petit corps inanimé et des mains qui le caressaient. Une chose folle m'avait alors traversé l'esprit. J'avais soudain souhaité être cet enfant mort, un instant seulement, pour recevoir un peu de cette chaleur maternelle. J'avais eu envie de m'asseoir près d'elle et ne plus jamais la quitter, de prendre la place de cet enfant qu'elle ne reverrait plus respirer. Nous étions tous les deux vivants, mais pris en otages par nos morts, seuls, à l'arrière d'une gare où, sur la voie ferrée, un animal expirait un ultime souffle d'espoir. A la façon dont elle s'était penchée sur le corps de son nourrisson, j'avais compris qu'elle préférait être seule. J'avais donc repris ma marche matinale et solitaire, en pensant m'en aller le lendemain pour fuir le plus loin possible. Mais je ne suis jamais parti, et j'ai construit ma nouvelle vie à Calcutta.

Le soir où ma mère avait appris la mort de Gabriel, j'étais là. Nous étions seuls avec Victor qui avait ouvert la porte aux policiers. Elle les avait reçus dans le salon, assise sur sa bergère en velours rouge. Quand ils lui avaient annoncé le décès de mon frère, elle les avait regardés comme s'ils parlaient d'une personne qu'elle ne connaissait pas. Elle n'avait pas crié, n'avait pas pleuré. Elle ne s'était pas non plus tournée vers moi, et ce malgré le fait que, outre les gendarmes embarrassés, je fusse seul avec elle. Je n'avais pas tout de suite mesuré l'ampleur du cauchemar qui s'annonçait pour nous et l'immensité de la douleur qui allait pulvériser notre famille. Je guettais son visage. Il était d'une pâleur extrême. Elle avait croisé et décroisé ses mains avec nervosité, sans dire un mot, puis, après le départ des policiers, s'était enfermée dans sa chambre en silence. J'avais voulu tambouriner à sa porte et la secouer pour qu'elle hurle enfin, qu'elle réagisse, mais je savais d'expérience qu'elle ne parlerait pas. Je me souvenais trop bien de ce fameux soir où, alors que je n'avais que cinq ans, je m'étais roulé à ses pieds pour qu'elle me prenne dans ses bras après une chute en vélo. Elle m'avait redressé maladroitement et m'avait consolé comme elle pouvait, mais j'avais continué à hurler de colère et de frustration. Ne sachant plus quoi faire, elle m'avait alors laissé à la nurse pour que cette dernière fasse taire mes caprices. Je ne voulais pourtant qu'une chose simple : qu'elle me prenne contre elle et qu'elle me berce enfin. Je rêvais d'un contact, de pouvoir la toucher, de parfum, d'intimité... J'étais né avec un insatiable besoin de tendresse, comme si j'avais porté en moi le manque d'affection de tous mes ancêtres réunis.

Quand nous étions enfants, ma mère ne s'est jamais occupée de nous que par procuration. Elle donnait à nos nurses successives toutes les recommandations nécessaires et nous couvrait de multiples attentions maternelles, mais toujours de loin, sans trop nous approcher.

« N'oubliez pas de les couvrir, rappelait-elle. Vincent a la gorge fragile, surtout n'oubliez pas son foulard, et s'il fait des caprices, donnez-lui le mien, je ne veux pas l'entendre pleurer. »

J'avais la réputation d'être un enfant colérique et tout le monde faisait attention à ne pas me contrarier. Ma mère disait que je tenais ça de son père. Il était mort avec sa femme dans un accident de voiture quand elle avait douze ans. Elle ne s'en était jamais remise.

« Dites au cuisinier de préparer des lasagnes pour Gabriel, lançait-elle avant de prendre son manteau pour sortir. Julien a le sommeil léger, faites doucement quand vous fermez la porte. Tristan n'aime pas le chocolat, faites-lui une tarte aux fraises ou, mieux, un mont-blanc avec beaucoup de chantilly, cela fait longtemps qu'il n'en a pas mangé. »

Comment savait-elle toutes ces choses ? Elle qui n'était jamais avec nous à l'heure des repas. « Je pense que ses chaussures sont trop petites, il faudrait penser à les changer. »

La nuit, si elle nous entendait pleurer, elle courait réveiller la nurse pour qu'elle vienne nous voir. Elle était d'une attention excessive et encombrante, mais lointaine et sans chaleur. Son amour me frustrait et me faisait penser aux cris qui restaient coincés au fond de mon ventre, dans ma gorge, lorsque, la nuit, je faisais des cauchemars dont je voulais sortir et que je me retrouvais, à demi éveillé, les yeux écarquillés, incapable de prononcer le moindre mot ou de pousser le moindre cri. C'est ainsi que je considérais l'amour maternel, comme un hurlement sourd, inconsolable, qui résonnait au plus profond de ma solitude.

J'ai espéré longtemps qu'elle me prenne dans ses bras, contre sa poitrine, ou qu'elle me caresse les cheveux avec douceur. Je guettais ses faits et gestes, priais pour qu'elle approche ses mains de mon visage, mais j'ai toujours attendu en vain. A présent, je n'aurais pas supporté qu'elle me touche. L'attente avait eu raison de mon désir et l'idée d'une proximité me révulsait. Il y avait un temps pour tout, et le nôtre était révolu. Elle nous aimait, pensais-je. Autrement, comment aurait-elle anticipé toutes nos petites nécessités ? J'ai toujours espéré que cela n'avait pas été, tristement, une histoire de convenances.

J'étais assis à l'arrière du taxi qui roulait un peu trop vite sur un boulevard périphérique si désert qu'il plongeait la ville dans une atmosphère de fin du monde. Une odeur de chien humide empestait la voiture. Un gros bouledogue était assis à côté du chauffeur à la place du passager. Ils avaient tous deux l'arrière du crâne un peu carré, un air bougon et suffisant qui me firent penser qu'ils étaient probablement tout l'un pour l'autre.

Parfois, les phrases toutes faites ont du sens : Tel maître, tel chien ! J'aurais pu lui demander quel âge avait son chien, mais je n'avais pas envie de parler.

Nous rentrions dans Paris. Je ne faisais pas attention à la ville, je la connaissais trop et je n'étais pas prêt à me laisser surprendre par des images oubliées. J'ai fermé les yeux. Nous nous sommes arrêtés à un feu rouge, j'ai ouvert la fenêtre. Je pouvais regarder ailleurs, mais je ne pouvais pas éviter les bruits familiers de la capitale qui s'éveillait, une ville qui avait abrité mon enfance, où je n'avais pas toujours été heureux, mais dont les trottoirs, les jardins éclairés et la lumière avaient formé les décors des plus beaux souvenirs que j'avais de mon frère. Le déballage du marché, le tohu-bohu du camion-poubelle, le bruit des chaises mises en place sur les terrasses, le claquement des volets que l'on ouvre, le battement d'ailes des pigeons qui se disputent les miettes de pain parsemées par un clochard les observant avec tristesse, les cris d'enfants, tout cela recomposait pour moi un monde ancien et me ramenait vers une maison qui n'était plus la mienne. L'air matinal était encore un peu froid et faisait voler mes longs cheveux que je retenais avec ma main droite pour ne pas les avoir dans les yeux. La voiture derrière nous klaxonna lorsque mon chauffeur ralentit pour chercher le numéro de l'adresse que je lui avais indiquée. Il marmonna une insulte entre ses dents et s'arrêta un peu plus loin.

La voiture ne bougeait plus, mais j'entendais le bruit du moteur qui tournait toujours. A travers la vitre, je voyais les fenêtres que la perspective m'offrait. C'était bien l'immeuble de mon enfance. Je fus étonné par la noirceur de la pierre et pensai que la façade n'avait sûrement pas été ravalée depuis longtemps.

Le compteur affichait quatre-vingt-dix euros. J'avais oublié combien la vie était chère à Paris. Quand j'y habitais, je n'avais aucune idée de la valeur de l'argent, c'était, pour nous, une chose sans importance, méprisable même, puisqu'on ne le gagnait pas. Depuis deux générations, il se transmettait simplement de père en fils : ainsi mon père avait-il hérité de la fortune gagnée par mon grand-père et mon arrière-grand-père, deux durs travailleurs, et décidé de jouir, sans effort, de son statut d'héritier.

J'étais confortablement assis sur cette banquette qui sentait l'animal mouillé. En moins d'une heure, je m'étais habitué à ce couple étrange et je regrettais presque de ne pas avoir posé à mon conducteur toutes les questions qui me venaient maintenant. Je ne voulais pas sortir de la voiture. J'aurais voulu lui proposer d'aller promener son chien avec lui, pour qu'il me donne des conseils sur la vie. Il devait en avoir entendu des choses, dans l'intimité des quelques mètres carrés où il roulait toute la journée. Je ne payai pas tout de suite et tentai d'engager une conversation avec cet homme à qui, pourtant, je n'avais pas adressé la parole du trajet. Il me répondit du bout des lèvres avec un lourd accent italien. Je ne me décourageai pas et continuai de l'assommer de questions sans éclats.

— Vous êtes d'origine italienne? Moi aussi..., lui dis-je, en l'implorant du regard.

Je ressemblais soudain à un enfant retardant le moment d'aller se coucher en réclamant de l'eau. Pour lui, cette maison ne représentait rien, c'était une adresse parmi tant d'autres. La vie n'était finalement qu'une question de perspective et j'aurais aimé à cet instant pouvoir en emprunter une autre, pour voir cette façade autrement et partager, simplement, le point de vue d'un autre. J'enviais mon chauffeur et son chien pour qui cet endroit était neutre et sans histoire.

— Avez-vous besoin d'une fiche ? me demanda-t-il, voyant que je ne bougeais pas après qu'il m'avait rendu la monnaie.

— Oui, une fiche... Pourquoi pas ? Ça peut toujours servir... Votre chien n'a pas trop chaud ? Vous voulez que je laisse la fenêtre ouverte ?

— Non, fermez-la, bougonna-t-il. Il va très bien.

Il griffonna rapidement quelques chiffres sur un bout de papier.

— Tenez, me dit-il sur un ton agacé.

— Merci.

Je me penchais un peu en avant pour saisir la fiche, lorsque le chien tourna la tête pour me voir. Je n'avais pas remarqué qu'il bavait tant. Avec son regard de vieil animal blasé, il semblait me demander ce que j'attendais pour sortir, lui dont les seules pensées devaient concerner le son familier du moteur ronronnant et les secousses de la voiture roulant.

Je fixais le numéro cent trente-quatre inscrit sur la pierre grise. C'était bien ici, derrière cette porte, que tout avait commencé. J'hésitais encore, j'avais le choix, je pouvais sortir du véhicule ou repartir avec ce taxi. Dans le rétroviseur, je croisai une dernière fois le regard du chauffeur qui ne m'incitait pas à rester, et je tirai la poignée de la porte pour descendre de sa voiture.

La bâtisse était la même que dans mon souvenir, avec ses volets en fer-blanc et ses fenêtres en longueur. A l'inverse des habitations indiennes, toujours ouvertes sur l'extérieur, et comme prises dans le flux continu du cycle de la vie, ici, les immeubles semblaient emmurer l'existence de leurs habitants et conserver, dans leurs pierres, la trace du passage du temps.

Des fragments de mon enfance me revinrent soudain ; j'étais perdu devant cette demeure si familière, pourtant inconnue. En quelques secondes, je fus pris dans un va-et-vient infernal entre le passé et mon présent. J'aurais dû faire demi-tour. Il était encore temps. Je savais qu'il ne fallait jamais revenir sur les traces de son passé, que l'on ne pouvait pas retrouver les repères anciens. Le pied ne retrouvera jamais sa place dans l'empreinte qu'il a laissée jadis. Même si l'on essaie, la jambe est happée par le vide et se décale fatalement pour imprimer une autre marque, presque identique, mais toujours différente. Et ce n'est ni l'impatience ni la maladresse qui l'expliquent, mais la volonté, pas tout à fait consciente, de ne pas répéter les mêmes gestes, pour ne pas nous perdre dans le temps qui passe.

Cela faisait à peine quinze heures que j'avais quitté l'Inde. La technologie moderne ne nous permet plus de nous adapter progressivement aux situations de vie. Il n'y a plus de paliers, plus de zone de transition. On va d'un pays à un autre si rapidement que nos âmes en sont forcément chamboulées. Le pire peut survenir lorsqu'on est ainsi trimballés sans précaution. On nous demande toujours, en avion, d'attacher nos ceintures, mais c'est notre esprit que nous devrions ficeler pour éviter qu'il ne se renverse de manière incontrôlable.

Les pieds enfoncés dans le sol, devant ce bâtiment, les mains vides et le cœur serré, les tremblements reprirent de plus belle. Il aurait été préférable, pensai-je, de faire ce long voyage à pied, en plusieurs années, afin de pouvoir évaluer l'espace que j'avais mis entre ma famille et moi. Une distance de sécurité, pour ne pas devenir fou. Si j'avais eu la sagesse et le courage de venir en marchant, chaque pas m'aurait donné la possibilité de faire demi-tour. Chaque pas m'aurait prévenu du danger qu'il y a à s'approcher ainsi de trop grandes émotions.

Je posai ma main sur ma poitrine pour essayer de calmer mon cœur qui battait bien trop fort. J'avais peur. Une peur panique. Peur de la famille qui vivait derrière ces murs. Peur de leur appartenir encore, même si cela était impossible puisque, depuis longtemps, je vivais loin d'eux, en quarantaine. Je devais être immunisé depuis, pensais-je, mon cœur avait été ravagé par la désillusion, et n'éprouvait plus rien. Malgré tout, il battait maintenant la chamade et réveillait en moi une fragilité que je pensais éteinte. Le temps et la distance n'avaient rien fait, n'avaient pas pu défaire le lien qui m'unissait à eux. En dépit des frontières terrestres et de l'oubli, ils étaient là, tous les six, inscrits dans ma chair.

Je repensai au regard sombre de Julien et à sa voix encore pleine d'innocence qui m'avait demandé, la veille de mon départ, si j'allais moi aussi mourir. Je me souvins du regret que j'avais eu de ne pas lui avoir répondu. J'aurais dû lui expliquer les raisons de mon départ, et lui rappeler que nous resterions frères, pour toujours, à travers nos souvenirs. C'était mon devoir de lui transmettre ce que j'avais compris de la vie. Quelques mots auraient peut-être suffi à le rendre plus heureux. Il n'existe rien de pire qu'un abandon silencieux.

Même si la pierre de la bâtisse semblait plus grise qu'avant, son odeur était identique ; un parfum du passé, mélange un peu rance d'odeurs humaines teinté par la cire des boiseries anciennes de l'immeuble. On la retrouve dans les magasins d'antiquités, comme si le temps laissait derrière lui une odeur indélébile. L'entrée était d'époque, avec ses pavés où des calèches avaient roulé autrefois. Cette ancienne maison bourgeoise avait connu la Révolution française et abrité des drames bien pires que les nôtres. Des récits sordides impliquant des enfants et, si je me souvenais bien, une famille entière qui s'était pendue sous les toits. La légende disait aussi qu'un père, après le décès de sa femme, avait pris sa jeune fille pour amante et avait fini par l'étouffer le soir de l'Exposition universelle, alors qu'elle se préparait à fuir avec un jeune homme. Au coucher, avant de nous endormir, Gabriel me racontait, avec une lueur de sadisme dans les yeux, ces histoires de meurtres et de trahisons qui avaient eu lieu derrière nos murs au fil des siècles. Je revois encore sa tête d'ange et je me souviens que son débit de paroles, extrêmement lent, donnait l'impression qu'il savourait chaque mot avant de les dire. Il avait entendu à plusieurs reprises nos parents raconter ces anecdotes lors de leurs dîners mondains. Au fil des récits, les drames du passé étaient devenus des contes fantastiques transformés par les pulsions mythomanes des conteurs.

Faire revivre les morts était notre distraction préférée. Gabriel et moi avions inventé de nombreux fantômes chez nous, hululant doucement dans les couloirs interminables qui menaient aux chambres, faisant tomber des chaises, grincer des portes et vaciller les lumières en jouant avec les interrupteurs. Tout cela discrètement, car nous n'avions pas le droit de courir ou de faire du bruit. Nous avions même trouvé une méthode efficace pour courir à pas feutrés. Nous étions effrayés par nos propres mensonges, mais tellement joyeux de notre complicité, surtout quand il s'agissait de faire peur à nos frères. Tristan, le plus jeune, avec sa longue queue-de-cheval aux boucles blondes et ses yeux bleus de mésange, courait se cacher sous son lit en laissant ses petits pieds dépasser. Plus il avait peur, plus il était mignon, avec son menton tremblant et ses longs cils qui battaient nerveusement. Mais l'acmé de ces jeux imaginaires restait le moment où Gabriel et moi sortions nos épées invisibles et devenions des héros chassant ces démons fictifs. Alors, nos petits frères sortaient de leurs cachettes encore apeurés et s'accrochaient à nos jambes pour ne pas qu'on les laisse seuls.

Mon père était le seul propriétaire de cet immeuble où plusieurs familles pouvaient habiter. Nous vivions dans un immense espace rempli de dorures et d'œuvres d'art, mais nous n'y avions le droit ni de courir, ni de crier ou de toucher à quoi que ce soit. Un grand portrait de mon grand-père paternel trônait dans l'entrée. Avec ses moustaches blanches, sa peau hâlée, son front proéminent et ses petits yeux enfoncés, Monsieur Père semblait surveiller les lieux de son regard brillant d'intelligence et de perfidie. Un jour, j'avais cassé un vase par inadvertance et j'en avais caché les morceaux sous la commode qui faisait face au tableau, en espérant qu'on attribuerait la faute à quelqu'un d'autre. Mais le regard de mon grand-père paraissait si vivant que j'avais eu l'impression qu'il me jugeait avec sévérité et reproche. J'avais donc récupéré les preuves de mon crime pour les jeter ailleurs, et pendant très longtemps je n'avais plus osé passer dans cette pièce tant je craignais qu'il ne me punisse.

Mon père n'avait pas attendu de nous voir grandir pour nous demander de l'appeler Monsieur. Nous l'avions toujours appelé ainsi. Cela ne me dérangeait pas, je trouvais même cela assez représentatif de nos rapports. Je n'aurais d'ailleurs pas été gêné non plus d'appeler ma mère Madame. Je n'ai jamais compris pourquoi elle s'y était si fermement opposée.

Monsieur avait consacré deux étages entiers à sa collection de tableaux. Elle était gigantesque. Les toiles étaient accrochées les unes à côté des autres et se touchaient ; Matisse, Picasso, Van Gogh ou Monet se mêlaient ainsi dans un ballet de couleurs. Au fil des années, sa fortune rétrécissant à cause de son train de vie extravagant, il dut vendre deux étages, mais il garda tous ses tableaux. Ils furent d'autant plus serrés sur les murs de nos appartements ; il y en avait partout, et jusque dans nos chambres. Certains nous terrorisaient. Un Picasso aux teintes sombres était accroché juste en face de mon lit. C'était une toile datant de sa période cubiste, dans laquelle on sentait l'influence de l'art africain ; le visage qui y était représenté ouvrait les portes de mes fantasmes les plus noirs.

Quand il recevait, mon père faisait toujours admirer sa collection à ses convives. Le torse en avant, il était fier comme un paon. On l'entendait parler dans les couloirs et il pénétrait dans nos chambres sans nous adresser un regard. Ses fils ne lui inspiraient pas la même fierté. Il nous présentait par politesse, ébouriffait parfois nos cheveux, mais rien de tendre, jamais. Nous étions des preuves de sa virilité, des garanties de sa descendance. Gabriel surtout, qui avait toujours été très grand pour son âge et qui était d'une beauté saisissante.

De nos ancêtres iraniens, il avait hérité d'une épaisse chevelure sombre, mais nous n'avons jamais su d'où il tenait ses yeux bleu turquoise. Comme disait ma mère, même en Suède, on n'en avait jamais vu d'aussi bleus. Il gardait souvent la tête baissée, par timidité, mais, lorsqu'il la relevait, les gens qui ne le connaissaient pas poussaient toujours des cris d'admiration tant sa beauté était poignante. « Dieu qu'il est beau ! » Pendant ces visites mondaines de nos œuvres privées, les invités s'exclamaient souvent, à propos des tableaux : « Quelle chance d'être entouré par tant de beauté ! » Les gens adorent dire des phrases toutes faites sans vraiment réfléchir, car quelle chance des enfants peuvent-ils avoir de vivre dans un musée sans chaleur ? Notre chance aurait été de vivre dans un petit appartement aux murs blancs couverts, non de tableaux, mais de nos photos de famille, des murs grisés par les traces de nos jeux. Peut-être que si nous avions vécu dans un espace plus petit, mes parents n'auraient eu d'autre choix que de nous voir et de nous toucher. Ils auraient vécu avec nous, et ma mère, passant tout près de nous, aurait pu avoir envie de nous prendre dans ses bras. Ne pouvant plus loger nos nurses ou Victor, elle aurait bien été obligée de s'occuper de nous.

Nous avions des maisons partout, à la mer, à la montagne, à la campagne, toutes gigantesques. Vivre dans un espace trop grand empêche d'aimer. Les gens qui s'aiment doivent pouvoir se serrer pour se regarder, se rapprocher, s'entendre ou surprendre des larmes couler silencieusement sur le visage de l'autre. Enfant, c'est ainsi que je concevais les conditions de l'amour. Pour le vivre, il fallait habiter dans un lieu minuscule où la tendresse serait inévitable. Un endroit si petit qu'il ne compterait aucun couloir vide, aucune pièce dédiée à entasser des portraits de gens morts enfermés dans leurs cadres dorés, mais où tout s'entendrait car la distance ne pourrait plus étouffer aucun bruit. Un lieu idéal dans lequel personne n'aurait pu s'éviter, ou s'emmurer dans des silences assassins. Dans cet espace rêvé, nous aurions été obligés de nous aimer ou, au moins, de nous connaître mieux. Mais mon père s'est toujours mal entouré et s'est trompé sur ses priorités. Son fils aîné est mort. Moi, son deuxième, l'ai renié sans remords. Ses amis l'ont flatté, ses partenaires volé et ses deux derniers fils l'ont achevé en le pillant sans honte et sans pitié, estimant ainsi se dédommager pour tout l'amour qu'ils n'avaient jamais reçu. Mon père est mort puni. Plus personne ne le regardait dans les yeux, il ne croisait aucun regard. Peut-être même n'a-t-il jamais su combien il était monstrueux.

IV

Je poussai la lourde porte cochère. Il fallait y mettre tout son poids en la maintenant ouverte, à la force des épaules, pour qu'elle ne se referme pas trop brutalement en nous écrasant un pied au passage, ce qui était un calvaire quand je rentrais tard certaines nuits, extrêmement intoxiqué. Elle me faisait penser à une porte de donjon. Je l'ouvris adroitement, positionnant mes épaules exactement au bon endroit, sans même y réfléchir, comme si je l'avais poussée la veille. Le corps a parfois une mémoire de génie, il garde en nous la trace des gestes de notre existence entière et, lorsque certains nous reviennent, c'est comme si un vieux compagnon d'armes nous tendait la main.

Dans la cour, de nouveaux arbres avaient été plantés, mais les plus vieux étaient toujours là. Je n'ai jamais cessé d'être surpris par la hauteur de ces arbres, à seulement quelques pas d'une avenue bruyante. Les nuages avaient quitté le ciel, la lumière s'était levée et traversait maintenant les feuilles des marronniers en fleur. Juste après l'entrée pavée, sous une alcôve, un jardin entouré de petits parterres de fleurs formait un carré parfait au milieu d'une cour bétonnée où nous avions usé, jadis, nos rollers et nos skateboards. Des enfants y jouaient. Ils étaient trois. Deux garçons d'une dizaine d'années à l'allure assez sage, leurs pulls noués autour de la taille et leurs cheveux impeccablement coupés, et une petite fille, très jolie, qui paraissait plus jeune en dépit de sa grande taille. Je m'arrêtai pour les regarder se bousculer et rire ensemble. Ils étaient seuls sans surveillance, la cour était vide. A leur âge, je n'avais pas connu cette liberté car, dès que nous mettions le nez dehors, une nurse nous accompagnait et, souvent, s'ennuyait. Je ne parvenais pas à bouger. J'étais planté là, comme un animal domestique qui retrouverait son territoire après avoir été envoyé à des milliers de kilomètres. Je ne savais plus ce que j'étais venu chercher ici. J'entendais, les yeux dans le vide, ces enfants rire, cherchant, dans mes souvenirs, les traces disparues d'une pareille insouciance. Se sentant observés, ils interrompirent leur jeu. La petite fille, dont la chevelure brune lui donnait un air de gitane, se retourna vers moi pour me regarder, probablement dérangée par la présence de cet étranger qui restait là à les épier sans bouger. Je les avais entendus l'appeler Mahault, un prénom que j'adorais et qui me donnait envie de la connaître. Elle s'approcha de moi d'un pas franc, abandonnant ses copains derrière elle, visiblement impressionnés par son audace. Elle n'avait pas l'air d'être le type de personne à se laisser démonter, mais semblait faire partie de ceux qui prennent la vie de face, vont au-devant des choses et pour qui comprendre ce qu'ils vivent est fondamental. A ses gestes assurés, l'on pouvait deviner le genre de femme qu'elle deviendrait : une femme qui refuserait de vivre sa vie en spectatrice, qui ne laisserait personne la mettre de côté, mais prendrait toujours part aux événements. L'on pouvait lire tout cela dans la façon qu'elle avait de se déplacer.

— Bonjour, vous allez où, monsieur ? Vous cherchez quelqu'un ? me demanda-t-elle.

Il n'y avait aucune hésitation dans sa voix. Elle était chez elle dans cette cour sans adultes, en territoire conquis, et je la dérangeais sûrement. A son âge, je n'aurais jamais eu son aplomb, pas même à l'époque où tout l'immeuble nous appartenait. Je ne lui répondis pas immédiatement, trop surpris par ce mélange d'insolence et d'innocence. Mais l'arrogance de sa liberté et son regard limpide et joyeux forcèrent ma réponse. Avec certaines personnes, parfois, le courant passe immédiatement et j'éprouvai pour elle une sympathie spontanée.

— J'habite au premier, lui répondis-je sans hésitation.

Comment avais-je pu dire une chose pareille ? Cet immeuble n'était plus le mien depuis longtemps, et je n'étais pas même sûr d'avoir la force de monter dans les appartements de ma famille. Tout ça n'avait aucun sens. Je ne connaissais plus personne au premier et la seule vérité, c'est que je n'habitais plus nulle part, ni au premier ni en Inde. J'étais un vagabond enchaîné, sans domicile fixe ou à venir. J'aurais pu dire tout cela à cette petite fille que je rencontrais pourtant pour la première fois, tant j'avais l'impression que je pouvais lui faire confiance ; il me semblait que je partageais avec elle plus de choses qu'avec les membres de ma famille à qui je parlerais bientôt, si je trouvais la force de monter. On connaît finalement bien mal les gens qui nous entourent si cette confiance n'est pas là, et les fragments qu'une existence commune nous donne de leurs personnalités suffisent rarement pour comprendre le puzzle de leur identité.

— Chez les Rambaldini ? continua-t-elle sans remarquer mon trouble.

— Oui, voilà, chez les Rambaldini.

— Vous êtes invité ?

— Pas vraiment. Je fais partie de la famille.

— Ah ! Mais je ne vous connais pas ! me dit-elle sur un ton jovial.

— J'habitais là quand j'avais ton âge. Quel âge as-tu ?

— Neuf ans.

— Je te pensais plus âgée.

— Vous connaissez Yaz ?

Je la regardai sans répondre.

— On l'appelle aussi Tristan, ajouta-t-elle.

— C'est mon frère.

J'avais répondu mécaniquement, sans penser au sens de ma phrase. Tristan était mon frère, du moins sur le papier. La dernière image qui me restait de lui était celle d'un petit garçon au visage pâle et aux yeux bleus endormi dans un pyjama rayé en éponge. Mais je ne savais rien de l'homme qu'il était devenu.

— Vous êtes le frère de Tristan ? demanda-t-elle, l'air mi-espiègle mi-surpris.

— Oui, c'est ça.

— Je le connais !

Elle me montra une barrette à paillettes qu'elle avait dans les cheveux.

— C'est lui qui me l'a donnée. Il est très gentil... Mais c'est bizarre, parce qu'il m'a dit qu'il n'avait qu'un frère. Je le connais, et ça n'est pas vous !

— Je ne suis pas revenu depuis longtemps.

Elle continuait de m'observer avec amusement. Elle portait un jean déchiré et un tee-shirt à manches longues à l'effigie des Guns N'Roses. Tout en regardant le logo, j'essayais de retenir mes souvenirs et de rester concentré sur ce qu'elle me disait. Elle ne ressemblait pas à la petite fille coquette que j'avais croisée à l'aéroport, mais elle était très jolie et j'aimais sa voix grave et ses intonations d'adulte. C'était la première personne avec qui je parlais vraiment de la journée, et j'étais heureux que ce soit avec une enfant si singulière. Comment faisait-elle pour être aussi à l'aise avec moi ? Et comment pouvais-je lui répondre avec tant de naturel ?

— Vous, vous avez les cheveux longs et pourtant vous ne mettez pas de robes ?

Elle adressa un regard aux deux garçons, qui s'étaient approchés pour suivre notre conversation et qui semblaient tout aussi impressionnés par son audace que moi. A cette phrase, ils se pincèrent les lèvres pour ne pas rire. Mahault me regardait avec insistance. Je ne lui répondais pas. Je savais, ma mère ayant dû me le dire, que mon frère adorait porter des vêtements de femme, mais sa question me révélait à quel point de nombreuses choses de ma famille devaient m'être désormais inconnues. Dans ses mots, Tristan devenait un autre, une personne très éloignée du petit frère à qui j'avais appris à nager. Il était donc à présent cet homme qui se promenait en robe en plein jour. Cela ne me surprenait pas vraiment, ayant pu constater, enfant déjà, sa préférence pour les déguisements de fées.

La petite fille continua à me parler sans vraiment attendre ma réponse.

— Il n'est pas là-haut, je l'ai vu sortir tout à l'heure. Et votre père non plus il n'est pas là, parce que, quand il est chez lui, il tape toujours avec sa canne pour qu'on fasse moins de bruit chez moi, je l'entends au plafond parce que j'habite juste en dessous, au rez-de-chaussée. Et s'il ne donne pas des coups de canne, il nous regarde par la fenêtre quand on joue dans la cour et il nous pointe du doigt, ce qui fait très peur à mes copains. Moi, je m'en fiche ! De toute façon, il ne sort jamais, me lança-t-elle avec un air de bravade.

— Tu sais, il ne risque plus de...

Je ne pus finir ma phrase. J'aurais aimé lui répondre que Monsieur était mort et qu'elle pourrait désormais faire tout le bruit qu'elle voudrait, qu'elle n'entendrait plus sa canne et ne sentirait plus son regard, mais je n'ai rien dit. Il était mort, cela n'avait aucune importance, et je ne voulais pas mêler la mort sinistre de mon père à la vie lumineuse de cette enfant.

Elle parut soudain pressée de rejoindre ses amis et s'éloigna en leur disant, pensant sûrement que je n'entendrais pas :

— C'est le fils de la princesse sorcière et du méchant bossu !

Ainsi mes parents se trouvaient-ils définis par cette charmante fillette. J'aurais pu la rattraper pour lui dire que ma mère n'était pas une sorcière, plutôt une princesse déchue dans le cœur de laquelle une épée avait été plantée, mais je me suis tu là encore, agacé par l'habitude que j'avais de toujours vouloir la défendre.

Je n'ai pas pu pénétrer dans le hall qui menait vers les étages. C'était étrange de penser que de nouveaux locataires vivaient désormais là où nous avions grandi seuls. Quand mon père avait vendu certains appartements de notre immeuble, ils n'avaient d'abord pas été occupés. J'ai regretté que nous n'ayons jamais pu nous amuser à épier la vie de nouvelles familles derrière ces murs. Qui sait, si d'autres étaient venus, peut-être n'aurions-nous plus eu besoin de toutes ces histoires de fantômes. L'énergie de leur vie aurait pu nous rendre heureux.

Je suis resté longtemps immobile. Je regrettais déjà que ma nouvelle amie se soit enfuie si vite. Elle avait été la première à me donner des nouvelles de cette famille que j'avais abandonnée, et j'aurais voulu lui poser encore tant de questions. Elle ne m'avait pas parlé de ma mère, n'avait pas évoqué son chagrin, ni entendu mon père mourir. Elle n'avait constaté que le silence de sa canne. Les murs des appartements servent d'isoloir et personne n'écoute la douleur de ses voisins, ou, si l'on entend des choses qui pourraient éveiller notre conscience, on s'enferme à double tour, chacun derrière sa porte.

Après avoir hésité longuement, je décidai de faire demi-tour. J'avais besoin d'un café et de manger quelque chose. Je ne pouvais pas revenir là le ventre vide et je n'aurais jamais même osé leur demander à boire.

C'est alors que j'ai aperçu par hasard, à droite du jardin dans la cour, ce banc en pierre grise couvert de mousse que je connaissais si bien. Il était un peu caché par les branches fleuries, mais il était encore là, au même endroit. J'étais sûr que c'était lui, le troisième sur la gauche, le nôtre. Il avait survécu au temps. On n'efface pas aussi facilement que cela la vie que nous laissons dans les pierres. Dans la cour déserte, les enfants avaient disparu. Je m'approchai fébrilement du banc pour chercher, derrière son dossier, dans un endroit bien caché près de la jointure, un souvenir lointain : l'inscription que Gabriel, mon chevalier, avait un jour gravée dans la pierre de sa main d'enfant à l'aide de son nouveau couteau suisse pendant que je montais la garde. Je grattai avec frénésie la roche couverte de mousse et découvris, le cœur battant et serré, ce que je cherchais. Elle était là, sous mes yeux, avec ses fautes d'orthographe : « Gabriel et Vincent frairs pour la vi. » Il avait sept ans et moi cinq lorsque nous étions venus inscrire à jamais notre fraternité sur ce banc, mais je m'en souvenais comme si c'était hier. Nous avions tout prévu le matin même, nous savions où, comment et à quelle heure tout allait se passer. Pendant la sieste, Gabriel avait pris, dans la cachette de ma mère, à l'intérieur d'une de ses chaussures, le couteau suisse qu'il avait reçu à Noël mais qu'elle jugeait trop dangereux pour que nous puissions jouer avec. Il était sorti de la maison en boitant légèrement, de peur de marcher sur la lame, bien que le couteau fût fermé. Ma mère était si terrifiée à l'idée que nous trouvions cet objet maléfique, qu'elle nous avait transmis son angoisse ridicule, et nous pensions depuis que le simple fait de le porter pouvait suffire à nous blesser. Pour que la nurse ne se doute de rien, nous avions fait semblant de jouer à cloche-pied dans le jardin.

Je caressai de la main le sillon laissé par l'inscription. Je me souvins alors qu'il faisait beau ce jour-là, et que j'avais été un peu aveuglé par la lame du petit couteau lorsque Gabriel l'avait sorti. J'avais fermé les yeux et j'avais remarqué pour la première fois que, si je maintenais mes paupières closes, je ne me retrouvais pas plongé dans le noir mais plutôt dans un dégradé de couleurs fluorescentes. En y repensant, j'entendais encore le rire inoubliable et victorieux que mon frère avait eu, fier d'avoir réussi son exploit sans se faire attraper par notre nurse autrichienne. Tout avait fonctionné comme prévu. Gabriel incarnait l'intelligence même pour moi, et je me sentais très chanceux de le connaître. S'il n'avait pas été mon frère, pensais-je, je l'aurais choisi comme ami. C'est avec lui que j'ai partagé les instants les plus forts de mon existence. Son profil parfaitement dessiné, ses grands yeux turquoise, sa façon unique de se déplacer et la capacité qu'il avait à transformer les choses les plus simples en grande aventure romanesque en faisaient un personnage de roman à mes yeux. Son imagination était sans limites, et tout ce qu'il entreprenait devenait une aventure ; je l'aurais suivi jusqu'au bout du monde. Il m'avait promis qu'un jour nous irions visiter les pyramides égyptiennes ensemble, tous les deux, sacs au dos, pour mettre la main sur un trésor caché que personne n'avait jamais trouvé. Pendant très longtemps, le soir, avant de m'endormir, je voyageais avec lui au pays des pharaons et sur tous les continents que nous rêvions de visiter et qu'il me promettait de découvrir avec moi plus tard. Avait-il tout oublié ? Avait-il pensé à moi, avant de se jeter dans le vide ? Comment un être à la tête si pleine de rêves avait-il pu un jour ne plus croire en rien ?

Je caressai la trace de nos mots sur la pierre. J'étais jaloux de ce banc, malheureux de ne pas avoir gardé, gravée dans ma chair, son empreinte, une cicatrice tracée par son couteau. Le regard fier et aimant que mon frère posait sur moi avait été une des choses les plus tendres de ma vie. Nous nous protégions tous les deux, moi à mon poste de surveillance, le cœur battant la chamade, et lui, mon héros, traçant les lettres d'une promesse qui nous lierait pour la vie. « Vi », en inscrivant ce dernier mot il m'avait regardé droit dans les yeux, et son regard était d'une telle pureté, de celle dont seuls les enfants jouissent, et d'une telle bienveillance qu'il avait insufflé en moi un désir de vie et d'absolu sans bornes. Peut-être cela explique-t-il comment, après sa mort, j'ai pu rester vivant.

Je pressai mes poings sur mes yeux de toutes mes forces pour essayer de retenir le torrent de larmes qui s'apprêtait à en jaillir. Je ne pouvais pas me laisser aller à tant de chagrin, je risquais d'en mourir. Le manque de lui me déchirait les entrailles. La mort est une chose si cruelle, rien ne nous prépare à une telle implosion. Elle n'a aucune cohérence, ne s'inscrit dans aucune logique, et aucune religion, aucune culture ou aucune pensée philosophique ne peut nous préparer à cette douleur. La mort est un abandon barbare.

J'aurais aimé partager la couleur de ses yeux pour pouvoir continuer à le voir dans le miroir en m'y regardant, mais nous n'avions, hélas, aucun trait commun. Nous étions grands tous deux, mais mon nez était bien plus long, ma mâchoire proéminente, mes yeux très noirs, ma peau brune et mes cheveux châtains. On me disait très Rambaldini, avec ma tête d'Italien et ma voix un peu éraillée, tandis que Gabriel semblait avoir hérité des plus beaux atouts de notre lignée. Il était l'exotisme même, et l'on décelait sur son visage les traces de nos racines suédoises, iraniennes et italiennes. En nous regardant seulement, il était impossible de savoir que nous étions frères.

Je savais qu'il était enterré au cimetière du Père-Lachaise, dans l'allée numéro dix-huit, mais je n'étais pas venu à son enterrement quelques jours après sa mort, ni sur sa tombe. Je pensais que le temps passant me donnerait le courage d'aller lui parler et de lui déposer son couteau suisse, malheureusement le temps, dans cette douleur, n'a jamais été mon allié. Après l'annonce de sa mort, j'ai tenté de survivre avec le peu de souffle qu'il me restait. Ma vie avait été scindée en deux, un avant et un après. Son départ avait bouleversé la chimie de mon corps et le froid avait transpercé ma chair pour pénétrer mes os. J'étais donc parti vers la chaleur, mais, même sous un soleil de plomb, il m'arrivait parfois de trembler, lorsque la douleur du manque me surprenait. Sans mon frère, j'étais une terre sans soleil. Je repensais à l'envol des cendres sur le Gange dans la lumière orangée du matin; j'aurais aimé que la poussière de ses cendres puisse également voler ainsi pour venir, par ma fenêtre, se tapir dans mon existence.

Assis sur notre banc, caressant sa mémoire, j'étais un peu avec lui. Après la vague de tristesse qui m'avait submergé, je ressentais une certaine douceur. Nous ne savions pas qu'en ce jour d'enfance, par ce jeu innocent, nous posions l'une des pierres centrales de notre fraternité. Plus les moments sont beaux, plus leurs souvenirs sont fébriles.

Je regardai la façade de l'immeuble, quelqu'un devait être en train d'arroser ses fleurs car un filet d'eau dégoulinait le long du mur. Je levai la tête pour chercher d'où cela pouvait venir et découvris un balcon entièrement fleuri de plantes roses et blanches. J'avais beaucoup moins froid, même un peu chaud, et déboutonnai ma veste pour la poser sur mes genoux. Soudain absorbé dans ma contemplation, je scrutai chaque détail; cette fissure sur le mur, le brun teinté de vert du ventre du pigeon posé sur ce balcon rouillé par endroits. Je n'avais pas de montre et ne savais pas depuis combien de temps j'étais assis ici, sous ces branches, à observer mon ancienne maison. Peut-être que c'était cela, méditer, se concentrer uniquement sur ce qui ne peut en aucune sorte provoquer de sentiments. Je ne pus m'empêcher de jeter un regard vers les fenêtres de nos appartements. Ma famille n'avait plus que le premier étage, cela aussi ma mère me l'avait dit. Ils avaient gardé l'étage noble, avec son immense hauteur sous plafond et ses grandes vitres. Les volets étaient mi-clos. Les rideaux en voile semblaient être les mêmes, je reconnaissais leur blanc grisonnant. Je n'avais jamais aimé leur fausse transparence qui donnait au monde extérieur un aspect incertain. Je vivais sans dans ma petite maison en bois peinte en bleu, dont la vue m'offrait chaque matin et chaque soir le lever et le coucher de soleil.

Quelques années avant de partir, j'avais connu le cauchemar de la dépendance. J'étais tombé dans la drogue dure du jour au lendemain, sans passer par les habituels joints inoffensifs ou les cuites d'adolescence. En deux mois, j'étais devenu héroïnomane. Dix-huit mois plus tard, je prenais cinq grammes par jour, des doses suicidaires. Pour mon premier shoot, j'avais seize ans. C'était en plein milieu d'un après-midi. Je m'étais retrouvé par hasard à écouter de la musique chez un garçon de seconde que je connaissais peu, Julien Ferrand. Nous nous étions parlé quelquefois dans la cour et j'avais pu comprendre qu'il avait déjà tout essayé. C'est lui qui, en début d'année, m'avait tendu ma première cigarette, que j'avais fumée comme si je faisais ça depuis toujours. En tirant ma toute première taffe, j'avais serré la gorge pour ne pas laisser s'échapper une toux qui aurait trahi la nonchalance avec laquelle je tirais sur la cigarette. Il m'avait souri de manière complice et m'avait donné son paquet en gage de notre possible amitié.

A l'époque, Gabriel et moi nous étions beaucoup éloignés. Il avait passé son baccalauréat dans une boîte privée et avait décidé, sur les mauvais conseils de mon père, de prendre plusieurs années sabbatiques. Nous n'avions plus le même rythme, il ne se levait jamais avant midi et il était souvent dehors le soir. Morose, il avait cessé de rire. Nous faisions nettement bande à part. Chacun chez soi, dans nos chambres séparées par un couloir interminable. Notre complicité avait disparu du jour au lendemain et il me semblait que cela venait de lui. Il ne voulait plus que je rentre dans sa chambre et me parlait souvent sur un ton agressif. Un soir, pour une histoire de fille, nous en étions même venus aux poings. J'en étais sorti la lèvre en sang, mais j'étais plus fort que lui et j'avais pris le dessus, le laissant au sol, humilié. J'avais levé mon poing tremblant à quelques centimètres de son visage et j'avais tapé dans le mur avec une telle violence que je m'étais cassé deux phalanges. J'avais hésité à lui tendre la main pour l'aider à se relever, mais, de ses yeux bleus démoniaques, il m'avait jeté un regard chargé de haine qui m'avait mortifié et blessé bien plus que ma lèvre éclatée et ma main cassée. J'étais ensuite allé m'enfermer dans les toilettes où j'avais pleuré de tristesse et de rage. Je n'avais rien compris à son désarroi. Dans la fougue de l'adolescence, les choses m'apparaissaient ou blanches ou noires. Mon frère m'avait cruellement abandonné sans explication. J'avais pris cela dans le ventre, sans plus me poser de questions. Je ne connaissais rien de ses états d'âme, ne savais rien de ce qu'il se passait entre mon père et lui.

Quand Julien Ferrand, le garçon que tous à l'école admiraient, s'est intéressé à moi, j'étais fier. J'ai toujours recherché des idoles. J'aimais être sous l'emprise d'un autre, pouvoir lever la tête pour l'admirer et me tapir dans l'ombre d'êtres charismatiques. Julien avait l'air d'en connaître un rayon sur la vie et de n'avoir besoin de personne. Il était toujours vêtu d'un jean blanc, d'un blouson en cuir et de santiags noires. Pour moi qui n'avais aucun style et qui me contentais de porter les éternels pantalons en velours et les chemises rayées que l'on m'achetait et qui pendait dans mon armoire, il était au summum de la classe. Ce Ferrand, comme il aimait qu'on l'appelle, avait un air de Robert De Niro dans *Taxi Driver*, avec son grain de beauté sur la joue droite, ses lèvres serrées et son regard d'oiseau. Quelque chose de dangereux en lui le rendait irrésistible. Il était le genre de garçon à garder, caché dans sa botte, un cran d'arrêt qu'il pouvait sortir à la vitesse de l'éclair. Un jour, notre professeur de français, M. Jacquot, lui avait dit : « Si vous dormez, Ferrand, rentrez chez vous ! » Il s'était levé en prenant son temps, avait ramassé ses affaires et quitté la classe, comme un cow-boy solitaire, sans un regard pour personne. On avait entendu pendant un long moment le son de ses santiags s'éloigner dans le couloir.

Il parlait peu, ce qui mettait souvent les gens mal à l'aise, mais cela ne me gênait pas. Ayant grandi dans le silence, je connaissais le sens des paroles non dites. Le jour où il m'avait invité chez lui pour la première fois, je n'avais pas hésité. C'était un samedi, ses parents n'étaient pas là. Chez moi, je disais rarement où j'allais, la surveillance exagérée que j'avais autrefois connue avait été remplacée, depuis mon entrée au lycée, par une liberté absolue. J'avais sonné à la porte. Ce n'était pas lui qui m'avait ouvert mais une rousse très sexy, perchée sur des talons rouges, en plein milieu de l'après-midi. J'avais suivi son déhanchement vers une pièce assez petite qui devait être le salon. Il y avait du monde partout et une musique bruyante. Ferrand était couché sur le dos, une fille assise sur lui lui versait de la vodka dans la bouche. Je n'avais pas osé le déranger et je m'étais planté dans un coin sans trop savoir quoi faire de moi. Je n'avais pas l'habitude de me mêler aux jeunes de mon âge. La rousse était réapparue avec son sourire aguicheur et je l'avais suivie dans la cuisine. Je me souviens de la petite table en Formica, du citron coupé et de la petite cuillère remplie de liquide que quelqu'un faisait chauffer au-dessus d'un briquet. La rousse m'a fait mon garrot et m'a injecté ma première dose d'héro. Je revois encore sa chevelure bouclée s'agiter tandis qu'elle essayait de me faire une fellation, en vain, car je n'avais pas pu bander. Je suis revenu le lendemain. Le surlendemain, je repartais avec l'adresse du dealer dans la poche. La vic, soudain, était belle. Ils pouvaient tous aller se faire voir, je n'avais plus besoin de personne, j'avais trouvé la clé du bonheur absolu, et j'en étais l'unique propriétaire. Je gérais seul ma dépendance, le manque revenait au fil des heures, mais disparaissait aussitôt la dose injectée.

J'avais accès à une poudre blanche d'une grande qualité que j'achetais avec mon argent de poche. Mon père, à l'époque, nous donnait quarante mille francs par mois, toujours en liquide, en quatre fois, dix mille francs chaque dimanche soir, à condition que nous soyons présents à table, « au rendez-vous ». De quoi ? Je n'ai jamais su. Quarante mille francs, l'équivalent de six mille euros, une somme délirante. C'était le prix qu'il payait pour que nous ne travaillions pas. Mon père nous l'avait dit clairement, il tolérait que nous allions à l'école pour nous cultiver, mais il ne voulait pas que ses fils travaillent. Avait-il un complexe de roi ? Etions-nous ses sujets ? Rétrospectivement, je pense que nous aurions pu aller contre sa volonté, mais, à l'époque, nous n'avions pas le recul nécessaire pour le voir, et nous ne pouvions pas sortir de l'enfer psychologique dans lequel il nous plongeait. Des choses obscures se passaient chez moi, enfouies dans le silence, mais dont je percevais la lointaine résonance. Ma poudre les faisait taire. Ma mère n'avait rien voulu voir de tout cela. Ou peut-être était-elle complice ? Il m'était moins cruel de penser qu'elle s'était enfermée dans une sorte de déni maladif, comme beaucoup d'autres personnes dont le comportement les rapproche des autistes. Sûrement aussi était-elle profondément dépressive. Il arrive parfois que des mères perdues dans la dépression étouffent leurs petits et les tuent plutôt que de les laisser vivre dans un monde qu'elles trouvent menaçant.

Je n'ai jamais su si elle avait vu à quel point Gabriel avait perdu sa lumière, si elle avait remarqué combien son regard était devenu triste et si elle avait relevé que mon père n'avait plus à nous ordonner de quitter la table à cause de nos fous rires, puisque nous ne nous regardions même plus. Comment ne s'est-elle pas inquiétée en voyant que nous ne nous adressions plus la parole, nous qui étions autrefois inséparables ? J'étais parfois si défoncé à table que je pouvais m'endormir sur ma chaise. Jamais mes parents ne m'ont fait de réflexion. Ma mère continuait à s'occuper, de loin, de Julien et de Tristan, alors encore petits, multipliant les recommandations pour s'assurer qu'ils n'attrapent pas froid ou que leurs pieds soient bien chaussés. Il était surprenant de constater qu'en dépit de son attention exagérée concernant les plus infimes détails, elle ne remarquait pas mon teint blafard, mes kilos en moins ou mes pupilles rétrécies en tête d'épingle.

Malgré tout, je restais un toxicomane assez discret. Je ne sais comment, mais je suis arrivé jusqu'en terminale. J'étais assez habile pour mentir et dissimuler. Je n'étais pas malheureux, au contraire, j'avais l'impression d'avoir trouvé, pour la première fois, un équilibre parfait, le traitement adéquat pour soigner ma mélancolie. C'était le hasard qui m'avait mené à la drogue, je ne l'avais pas recherchée. Je ne pensais jamais à la mort et, même en grande crise de manque, je faisais toujours très attention à n'utiliser que des seringues propres, conscient des dangers du sida et de l'hépatite C. Je ne voulais surtout pas mourir. J'aimais ma conscience ainsi modifiée. Je n'étais pas mieux, j'étais autre. Avant la poudre j'étais un être incomplet, grâce à elle je me sentais pour la première fois serein et sûr de moi. J'étais dépendant d'un produit qui pouvait faire taire ma douleur; grâce à lui, je ne souffrais plus d'espérer qu'un peu d'amour me soit donné. Avec lui, je n'attendais plus rien.

Il m'est arrivé une ou deux fois de ne pas gérer mes défonces au début, mais ça n'est qu'après la mort de mon frère que j'ai perdu pied. Je dormais peu à la maison. Un matin, en me réveillant dans mon vomi et mes excréments, j'ai compris que je venais de toucher le fond. J'avais perdu toute dignité, je vivais parmi les vivants et les morts-vivants sans faire de différence. J'avais atteint le dernier degré de la déchéance humaine. Mais un événement m'a sauvé. Une nuit que je regardais la télévision en pensant être à l'orée de ma mort, je suis tombé par hasard – toujours lui – sur une interview de sœur Emmanuelle. Sur ce plateau de télévision, entourée d'invités qui l'écoutaient sans broncher, elle racontait sa rencontre avec Pascal : « Pascal m'a sauvé la vie », disait-elle, en expliquant comment la lecture de ses *Pensées* lui avait permis de comprendre ce qu'était l'abîme, et d'en revenir. Peut-être était-ce la drogue qui me faisait halluciner, mais j'avais l'impression qu'elle me regardait droit dans les yeux à travers le poste de télévision. J'étais sûr que c'était à moi qu'elle parlait tout en citant Pascal. « Le cœur de l'homme, répétait-elle, est creux et plein d'ordure. » Son regard fixé sur moi, elle me confia alors : «J'ai connu cet écœurement et l'envie de me jeter par la fenêtre. Mais je sais aussi que celui qui trouve sa vocation profonde peut traverser les forces de mort et émerger du néant.» Cette religieuse singulière, au regard empreint de lumière, n'avait peut-être pas l'allure ou le panache de Julien Ferrand, mais sa volonté d'acier et la force de ses paroles m'ont donné l'espoir nécessaire pour sortir de mon désespoir. Grâce à elle, j'ai découvert Pascal. Il m'a été d'un grand soutien. J'ai lu ses *Pensées* et ressassé, comme une prière lancinante, ses mots : «Que l'homme étant revenu à soi considère ce qu'il est au prix de ce qui est. Qu'il se regarde comme égaré dans ce canton détourné de la nature. Et de ce que lui paraîtra ce petit cachot où il se trouve logé, c'est-à-dire ce monde visible, il apprenne à estimer la terre et soi-même à un juste prix. Qu'est-ce qu'un homme dans l'infini… Un milieu entre rien et tout.»

J'étais soulagé de n'être que ce milieu. Mon frère avait emporté avec lui ma possibilité d'existence, mais je n'avais pas eu la force de le suivre. M'engloutir dans l'infini m'avait semblé plus simple que la mort. Auprès de ma famille, il me semblait n'être qu'une particule infiniment petite, un presque rien. Il avait fallu que je m'en sépare, pour pouvoir, moi, émerger du néant. J'avais pris assez vite la décision de les fuir et de ne pas mourir. Après quelques jours de sevrage barbare, j'étais parti pour l'Inde sans bagages. Je n'ai laissé qu'une lettre à ma mère dans laquelle je demandais pardon à mes petits frères de n'avoir pas pu faire pour eux ce que Gabriel avait fait pour moi. Je leur demandais pardon de les abandonner ainsi à un sort dont je n'étais que trop conscient, mais je ne pouvais pas faire autrement. Je devais trouver une issue aux ténèbres du deuil et de la folie qui m'entouraient. On ne peut parfois s'en sortir que seul.

Pour quitter ma famille, j'ai dû puiser en moi une force incroyable, comme si je devais me jeter d'un train à grande vitesse dont nous aurions été les passagers, et qui fonçait dans un mur. J'avais conscience du mur depuis longtemps, mais la vitesse vertigineuse me décourageait, j'étais sûr de ne jamais pouvoir m'en sortir. En partant, j'ai tourné le dos au seul amour que j'ai connu.

Je sentais une odeur de fleurs dans le jardin. Il y avait certainement du jasmin quelque part, et j'ai pensé que les odeurs ici étaient plus douces qu'en Inde, qu'il arrivait même souvent qu'elles soient neutres. Elles n'exhalaient pas ce mélange permanent d'odeurs d'épices, de plantes, d'animaux, de cendres, d'hommes et d'encens, décuplé par le puissant soleil indien.

Les voilages irisés de l'appartement n'avaient pas bougé, aucune ombre n'était apparue, tout était si tranquille que j'eus l'impression, à regarder ces fenêtres, de revenir en arrière, comme si je n'étais jamais parti et que rien n'était arrivé. Mes parents avaient horreur du changement, raison pour laquelle mon père adorait tant les musées. Je ne pouvais donc rien imaginer de ce qui avait pu se passer chez eux depuis mon départ, et de ce qui s'y tramait en ce moment. La charmante petite Mahault avait vu mon frère Tristan sortir en robe le matin même. Julien n'habitait plus là. Ma mère était sûrement seule dans l'appartement avec le cadavre de mon père et Victor, l'homme de maison, qui était plus une ombre qu'une présence. Elle devait être en train de se persuader que Monsieur dormait, cela n'aurait pas été surprenant de sa part, ou peut-être était-elle au piano à jouer une suite de Bach. J'étais trop loin pour entendre les notes, il aurait fallu que je me rapproche un peu, que j'éloigne tous les sons d'oiseaux, de volets mal fermés, les bruits étouffés des voitures qui venaient de l'avenue et que je tende l'oreille attentivement pour écouter la musique nostalgique du piano lointain. Mais je préférais rester dehors, à l'abri ; après tout, qu'y cherchais-je ? Il n'y avait là que quelques vies enfermées entre quatre murs, absurde théâtre de marionnettes. Malgré la lourdeur de la situation, je me mis soudain à rire, non pas nerveusement, mais de bon cœur, un grand rire salvateur qui soulagea mon corps de la paralysie qui le gagnait. Etais-je assez ridicule, assis là, sur ce banc, au centre de cette scène peuplée de souvenirs oubliés ! Je ne pouvais m'empêcher de penser à ces chiens perdus qui, même après avoir parcouru des kilomètres, retrouvent la maison de leurs maîtres. J'humai pleinement l'odeur du jasmin, moi qui ne respirais plus à pleins poumons, et compris à quel point ces inspirations m'avaient manqué.

Mon rire s'est arrêté d'un coup. J'étais somnolent, ayant certainement trop dormi dans l'avion. Je n'avais toujours pas quitté mon banc. Le vent soufflait légèrement, j'entendais le son des feuilles qui bruissaient et couvraient celui de certains volets claquant. Je me mis à espérer l'orage, bien que le ciel fût bleu. L'air semblait s'être rafraîchi de nouveau, je n'étais pas assez habillé pour la saison, j'avais oublié qu'à Paris, au printemps, il pouvait faire si froid. Je remontai le col de ma chemise en coton pour tenter de me réchauffer, et décidai de remettre ma veste ; j'avais toujours aussi froid. Je quittai l'ombre pour m'installer plus au soleil.

Entouré par les pierres qui tenaient mon ancienne vie, j'eus la curieuse sensation, détachée, assez paisible, de visiter un cimetière, comme un revenant qui regarderait sa tombe seul avec tranquillité, sans personne pour le pleurer. Ci-gît Vincent Rambaldini, né en 1966, disparu en 1997. J'étais en train de penser qu'il était possible de mourir en restant tout à fait vivant, lorsque j'entendis le bruit de la porte cochère se fermer et des pas s'approcher. Un homme assez grand portant un chapeau noir traversa la cour d'un pas rapide. Je me relevai d'un coup. Il paraissait jeune : pouvait-il avoir vingt ans ? Comment aurais-je pu reconnaître mon frère Julien ? Mon premier réflexe fut de me cacher avec une folle rapidité derrière l'arbre qui, la seconde précédente, protégeait ma tombe imaginaire de ses branches. La vie avait repris le dessus. Mon cœur se mit à battre à un rythme effréné. Au bout de quelques minutes, l'homme, qui devait être soit un visiteur, soit un voisin, s'engouffra vers les étages sans tourner la tête. Je ne fis rien pour l'interpeller. Mon cœur continuait de battre sans ralentir ; je ne voulais pas essayer de deviner qui il était, jouer avec ma mémoire aurait pu me rappeler les traits du visage de mon frère. Je laissai l'homme à la vive allure disparaître et partis furtivement.

V

Je courais dans la rue comme un fou. J'entendis soudain klaxonner et manquai de me faire écraser par un camion. Après avoir survécu à la décadence familiale, à un tsunami de douleur causé par la mort de mon frère, à des doses suicidaires d'héroïne et à l'empoisonnement du foie que j'avais eu en arrivant en Inde, il aurait été bien stupide de mourir ainsi. Ecrasé par un vulgaire camion devant la maison de mon père, deux jours après sa mort, cela aurait été une triste farce. La simple vision de mon cadavre allongé à côté du sien me fit frémir. Imaginer nos âmes discutant entre deux mondes, avoir quitté la terre pour commencer avec lui des explications sans fin, cela aurait été une torture. Je redoublai mes enjambées en m'écartant de la chaussée ; je n'avais jamais couru aussi vite sans savoir où, ni pourquoi. Je pensais à l'expression « fuir le diable », et je mesurais mon inconscience : comment aurais-je pu revenir ici pour revoir une mère et des frères que j'avais pourtant abandonnés, et enterrer un père que je n'avais jamais aimé ? Que pouvais-je faire d'autre que courir ? J'avais déjà trop dormi, trop tremblé, trop marché, et trop parlé à cette petite fille inconnue qui elle-même avait trop entendu le bruit sourd et sévère de la canne de mon père. J'avais trop inspecté ma cour d'enfance dans ses moindres détails et je m'étais trop enivré de son odeur de jasmin. Il fallait que je coure plus vite encore, loin de cet immeuble. Si les larmes de ma mère m'avaient accueilli, je n'aurais pu en essuyer aucune, je n'aurais trouvé aucune parole appropriée pour communiquer avec elle, et le silence qui se serait imposé entre nous aurait été insupportable d'intimité et de froideur, un silence assassin qui aurait certainement eu raison des quelques sentiments qu'il me restait pour eux.

Des passants inquiets se retournaient pour regarder cet homme courir comme un damné dans la rue. A bout de forces, j'arrêtai ma course et repris difficilement ma respiration. J'avais la tête qui tournait, je devais manger un morceau pour ne pas m'évanouir. Je n'avais rien avalé depuis quarante-huit heures, ma mère m'avait appelé un peu avant que je ne passe à table et j'étais parti immédiatement. En y repensant, je suis presque sûr que, si j'avais mangé mon plat comme prévu, je ne serais jamais revenu. Les gestes simples parfois peuvent nous sortir des plus grandes complications. J'aurais mangé mon bol de riz et quelques légumes au curry, puis j'aurais débarrassé mon assiette et, en la lavant, j'aurais fait ce à quoi j'étais habitué depuis longtemps ; j'aurais oublié, effacé de ma mémoire la mort de mon père, annoncée par la voix frêle et fragile de ma mère, cette voix que je n'avais pas reconnue et qui, pourtant, était parvenue de nouveau à faire de moi sa marionnette. Se détacher, ne pas tomber dans l'empathie, là était la clé de l'oubli. Mais je ne m'en étais pas servi.

Il devait être près de onze heures trente lorsque je suis entré dans un café situé à quelques rues de chez moi. Deux hommes en costume d'affaires discutaient en terrasse. Je m'installai à l'intérieur, près de la fenêtre, à une table nappée réservée pour le service du déjeuner. Le serveur ne me vit pas et, malgré ma faim, je ne fis rien pour attirer son attention. Ce n'était pas encore l'heure de pointe, il y avait très peu de monde, suffisamment pour que je passe inaperçu. J'étais bien dans ce café à la devanture rouge et aux chaises de bistrot noires en osier plastifié. J'avais délacé mes chaussures qui me faisaient mal aux pieds, certainement parce que je ne les avais pas mises depuis quinze ans. Elles étaient restées au fond de mon armoire comme si j'avais su qu'un jour je devrais de nouveau m'en servir pour revenir. Les battements de mon cœur avaient repris un rythme normal. Je me massai les tempes pour éliminer mon début de migraine. Le serveur s'approcha pour déposer un menu sur ma table. J'y jetai un coup d'œil rapide, mais j'avais déjà ma petite idée en tête. Je regardais, sans vraiment les voir, les gens marcher à des allures différentes, et le mouvement de leurs passages me rassura. On aurait dit une chorégraphie d'un ballet contemporain de Pina Bausch. Chacun de leurs pas construisait un futur pour leur solitude et je me sentais pris dans leur valse. Quel que soit le sens de ce va-et-vient, nous quittions tous inévitablement le passé. J'aurais voulu me lever et me lancer dans un numéro de claquettes, mais je ne savais pas danser. Entre neuf et quatorze ans, mes parents nous emmenaient souvent à l'Opéra Garnier voir des ballets. C'était la passion de ma mère, et Monsieur aussi aimait beaucoup cela. Je faisais généralement semblant de m'ennuyer pour imiter Gabriel, qui bâillait et regardait sa montre toutes les dix minutes, mais j'étais, en vérité, émerveillé. Je ne l'avais jamais dit à personne, mais j'adorais la danse et je rêvais de tenter un jour le concours d'entrée à l'école de danse de l'Opéra de Paris. Ce n'était bien sûr qu'un fantasme, étant conscient de n'avoir aucune grâce et d'être raide comme un piquet. J'avais vu plusieurs fois Rudolf Noureev sur scène, ce danseur russe au physique de félin, et je l'admirais secrètement. Une photographie de lui sautant à plusieurs mètres du sol était cachée dans ma chambre. Je la regardais souvent, fasciné par sa puissance.

Le serveur s'approcha, je commandai sans hésitation un croque-madame et un verre de vin blanc, deux choses que je n'avais pas consommées depuis quinze ans. En attendant d'être servi, je me dirigeai vers les toilettes. Je me lavai les mains en essayant d'éviter mon reflet dans le miroir au-dessus du lavabo, mais l'envie de voir à quoi je ressemblais avec mes cheveux longs et ma barbe de plusieurs jours fut plus forte que la peur de découvrir un changement dans mon regard. Je ne pouvais plus être le même, je n'avais plus de père. La masse oppressante qui m'empêchait de respirer avait disparu, le sens de ma fuite aussi. Je regardai fixement le miroir pour voir combien j'avais changé ; j'avais vieilli, même si je n'avais que peu de rides autour des yeux, ne riant que très rarement. Je n'avais pas quarante ans, j'étais encore très jeune, mais j'avais perdu toute jeunesse. Je pensai à mes frères que je ne connaissais plus, je ne savais pas à quoi ils pouvaient ressembler, j'avais conservé une vague image de leurs visages, mais je n'avais reçu aucune photo d'eux depuis mon départ et n'avais échangé que très peu de lettres avec ma mère à travers lesquelles j'avais pu comprendre que rien n'avait bougé, mes frères avaient grandi comme Gabriel et moi, dans la même solitude trempée dans l'or massif qui rend le malheur sournois, interdit et presque obscène. Le plus jeune, Tristan, n'avait jamais quitté la maison, il vivait dans sa chambre d'enfant dans les jupes de ma mère, qu'il empruntait pour sortir. Julien, quant à lui, s'était marié très tôt, déclenchant la fureur de mon père.

La difficulté de faire un choix vient de ce que, souvent, nous n'avons que quelques minutes pour l'opérer alors même que, dans cet espace de temps ridiculement court, toute notre vie peut basculer. La vie réussit généralement aux personnes qui sont capables, parfois sans le savoir, de faire les bons choix rapidement. Une sorte d'instinct les pousse à accomplir ce qu'il y a de mieux pour eux, et les mène dans la bonne voie. Il n'y a rien de plus terrible que de rater les trains que l'existence nous offre.

Ma mère, plus que mon père, n'avait pas emprunté la meilleure route. Elle avait rencontré Monsieur dans une salle des ventes, lieu que vraiment elle n'aimait pas, tandis que lui s'y trouvait comme un poisson dans l'eau, adorant acheter ce que les autres n'avaient plus le privilège de posséder. Je ne savais pas grand-chose de l'enfance de ma mère. Sur ses rares photos, on remarquait les yeux en amande de cette ravissante enfant, mais aussi sa tristesse. Elle avait toujours eu ce regard de biche apeurée qui contrasta, plus tard, avec sa froideur à vous glacer le sang. J'avais toujours imaginé que la blancheur de sa peau avait quelque chose à voir avec son manque de chaleur. Ses parents étaient des gens simples, son père travaillait dans un cabinet d'assurances et sa mère était fleuriste. Soraya était leur fille unique. Ils avaient précieusement économisé dès sa naissance pour qu'elle puisse faire des études ; elle intégra les beaux-arts après leur mort. Le drame qui lui arracha ses parents lui fit comprendre très jeune que, pour survivre, il ne fallait s'attacher à personne et à rien. Je savais qu'elle avait été très proche de sa mère, Yasmine. Elle gardait, sur sa table de nuit, un portrait d'elle en noir et blanc glissé dans un cadre en argent. On y voyait une femme sans beauté, au nez assez grand, mais qui paraissait pleine de charme avec ses yeux pétillant d'intelligence. Devant le cadre, un vase soliflore était toujours fleuri d'une rose rouge que ma mère changeait religieusement avant qu'elle se fane. Le matin de la mort de Gabriel, je l'avais entendue reprocher à Victor sur un ton contrarié d'avoir oublié d'acheter des roses. Les pétales morts s'étaient dispersés sur la table de nuit. Elle avait les yeux rouges et je m'étais demandé si elle pleurait souvent sans que je le sache. J'avais voulu lui prendre la main et la porter à mes lèvres, mais cela était resté un fantasme. Jamais je n'aurais pu faire un geste pareil. Nous n'avions aucune intimité. Sentir une si grande distance avec un être si proche était étrange.

Elle devait avoir vingt-trois ans quand elle a épousé mon père. Ce dernier nous avait raconté leur rencontre maintes et maintes fois, surtout à Gabriel qui adorait entendre louer la beauté de notre mère. Gabriel était un être limpide, il n'avait aucun cynisme et attribuait toujours aux autres les plus belles intentions. J'étais différent. A y penser aujourd'hui, je me rends compte que, même enfant, je n'ai jamais aimé cette histoire. Quand ma mère l'entendait, elle souriait comme une poupée mécanique, un voile de tristesse obscurcissait son regard. Sa peine apparente me donnait chaque fois envie de la protéger, mais c'eût été impossible vu la froideur de nos rapports. J'aurais tout fait, pourtant, pour la prendre dans mes bras, la consoler et recueillir les larmes qu'elle ne laissait pas couler. Mais peut-être qu'elle n'était pas triste, que je projetais sur elle ma propre peine, et qu'elle ne voyait pas l'envers de leur décor féerique. Peut-être aussi que cette histoire avait vraiment été pour elle le début d'un conte de fées, et qu'elle ne comprenait rien au malheur.

La première fois qu'ils se sont vus, ma mère avait vingt-deux ans et mon père trente. Quand il est entré dans la salle, elle était déjà assise, au quatrième rang, sur une chaise qui donnait dans l'allée ; elle était venue tout à fait par hasard assister à une vente parisienne d'œuvres d'art exceptionnelle. Mon père racontait que, même de dos, on ne voyait qu'elle dans cette pièce, avec son interminable nuque et ses boucles qui laissaient deviner sa longue chevelure brune et luisante. Il l'avait tout de suite remarquée. Elle était accompagnée d'un homme de qui elle paraissait assez proche. Son profil dessiné à la perfection laissait deviner une femme sublime. Née d'un père suédois et d'une mère iranienne, elle avait hérité de tout ce que l'on pouvait prendre de mieux à ces deux cultures ; un regard d'une clarté renversante, une épaisse chevelure, un port de tête altier et des jambes interminables, qu'elle croisait et décroisait avec une féminité féline, consciente de l'émoi qu'elle suscitait auprès de la gent masculine. Mon père ne tenait plus en place, vénérant la beauté, il lui fallait cette femme à tout prix ; il était prêt à tout acheter, pourvu qu'elle se retourne. La vente s'éternisait, elle n'avait toujours pas bougé, et semblait s'ennuyer. Ce n'est qu'à sa cinquième acquisition qu'elle s'est retournée vers mon père. Il venait d'acquérir sans hésitation deux œuvres à plusieurs millions. Leurs regards se sont croisés, puis il l'a attendue à la sortie et le hasard a fait qu'elle est sortie avant l'homme qui l'accompagnait. Je ne sais pas ce qu'ils se sont dit, cela, mon père ne nous l'a jamais raconté. Ce dont il se souvenait en revanche, c'est qu'il était revenu chez lui ce jour-là avec deux Picasso et, dans sa poche, l'adresse de cette femme magnifique. Ils se marièrent très peu de temps après.

Malgré qu'il fût divorcé, et ma mère non baptisée, ils s'unirent à l'église en grande pompe. Je ne sais quelle a été la nature de leur amour, mais les premières minutes de leur rencontre ont dû leur porter malheur. Leur histoire avait si mal commencé ; le premier sentiment de ma mère à son égard était né au son du coup de marteau scellant l'achat de son second tableau. Il ne l'aurait pas acheté, elle ne se serait peut-être jamais retournée. Imbu de sa richesse, il n'avait vu aucun obstacle à son désir, pas même l'homme assis à côté d'elle. Il savait qu'il posséderait cette femme parce qu'il était intimement persuadé que tout s'achetait, et ma mère lui avait donné raison. L'homme qui l'accompagnait alors était son grand amour et elle lui était fiancée, mais la vanité l'emporta sur le bonheur.

Soraya est un dérivé de Thoraya qui veut dire en arabe « beauté des étoiles ». Etrange qu'avec un prénom pareil le destin l'ait si mal guidée. Elle était orpheline depuis l'âge de douze ans et n'avait plus aucune famille. Ses parents étaient morts tous les deux dans un accident de voiture un soir d'été. Elle avait rencontré son fiancé l'année de son baccalauréat ; il était étudiant en droit, elle venait de rentrer aux beaux-arts. Ce lundi matin, c'était la première fois qu'ils mettaient les pieds dans une salle des ventes ; ils étaient venus pour le seul plaisir de voir de beaux tableaux, bien trop fauchés pour s'acheter quoi que ce soit.

Elle n'avait pas remarqué mon père assis derrière elle, et elle ne sut jamais pourquoi elle lui avait donné son adresse. Tout s'était ensuite passé très vite. Il avait mis beaucoup de ferveur à lui faire la cour. Il lui avait envoyé deux mille roses, elle s'était laissé flatter. Il lui offrait une vie à la hauteur de sa beauté. En marchant à ses côtés vers l'autel, elle avait su qu'elle faisait le deuil d'un vrai bonheur. Elle l'avait dit à une amie qui me l'avait répété et je ne l'avais pas oublié. Ma mère pleurait le jour de son mariage, mélancolique, mais elle ne faisait plus confiance à ses larmes depuis longtemps, elles qui n'avaient pas coulé le jour où elle avait perdu ses parents. Elle aurait pu dire non à l'église, mais la cérémonie était faste, les buffets magnifiques, les tables scintillaient de cristaux et les roses embaumaient l'air. De quoi vous faire tourner la tête.

Tous deux voulaient une grande famille et, très vite après leur mariage, ma mère laissa tomber les beaux-arts pour avoir Gabriel, leur premier enfant, celui de leur jeunesse, lorsque toutes les illusions d'amour n'étaient pas encore perdues. Il devait encore exister entre eux, à cette époque, une attirance physique capable de leur cacher leurs sentiments profonds. L'amour sensuel suffit à la jeunesse. Ma mère, depuis l'accident qui avait emporté ses parents, gardait une certaine distance avec ses émotions. Son mélange de beauté extrême et de mystère la rendait semblable aux tableaux que mon père aimait tant. Du moment qu'il la possédait, il ne se souciait guère de ce qu'elle pouvait ressentir pour lui.

Je n'ai pas de souvenirs de leur couple, en furent-ils jamais un ? Ils n'ont jamais été, à mes yeux, que ma mère et Monsieur. Elle au piano, et lui dans ses appartements. Un soir, ils étaient rentrés après une sortie, je ne dormais pas et je les avais entendus rire ensemble. Je n'avais pas vu leur visages mais je sais que, cette nuit-là, ils avaient dû être heureux.

J'avais avalé mon croque-madame en deux minutes et m'étais commandé un deuxième verre de vin blanc. Le serveur m'avait proposé un dessert, j'acceptai volontiers la carte, pensant qu'un peu de sucre me ferait le plus grand bien. Je prendrais certainement quelque chose au chocolat, je n'en avais pas mangé depuis longtemps, si je ne me laissais pas tenter par une tarte aux fraises, dessert que j'adorais mais qui devait être parfait pour me satisfaire. En manger une passable aurait été me compromettre. Mon goût pour la tarte aux fraises était la seule chose que je partageais avec mon père ; nous adorions sa pâte sablée, un peu salée de préférence, et sans crème pâtissière surtout. Enfant, j'allais avec lui en déguster. Nous partions seuls, ensemble, chez un pâtissier dont c'était la spécialité depuis soixante ans. Mon père parlait de sa tarte comme d'une œuvre d'art, tout en elle était parfait, de l'épaisseur de sa pâte, divinement sucrée et salée à la fois, au choix méticuleux de chaque fraise qu'il faisait. J'adorais l'observer la savourer, c'était un des rares moments où je le voyais d'un œil tendre. Il m'avait confié que lui aussi venait là avec son propre père. Un jour, il me raconta même, lui qui ne parlait jamais, un souvenir qu'il gardait de lui, avant qu'il meure d'un cancer. Ses mains tremblaient et j'avais deviné ses larmes. Il adorait son père, il le savait tyrannique et égoïste, mais il lui vouait une immense admiration. Ce fut la seule fois où il ne mangea pas sa tarte. Il l'avait regardée fixement, sans bouger. Enfant, m'avait-il dit, il s'était assis à côté de son père un soir, pendant qu'il dormait, avait fermé les yeux, s'était concentré de toutes ses forces pour réussir à se fondre dans son corps, ne faire qu'un avec lui. Fils unique, sa mère était morte quand il avait deux ans, et il avait vécu seul avec son père avant d'être placé en pension. Très gêné de le voir pleurer, j'avais baissé les yeux et j'avais dévoré ma tarte aux fraises avec appétit. Je devais avoir huit ans, mais je me rappelle avoir pris conscience à cet instant, et pour la première fois, de la solitude du chagrin ; mon père pleurait tandis que j'appréciais mon dessert. Je n'ai plus le souvenir, après ça, d'être retourné manger une tarte avec lui ; peut-être m'en a-t-il voulu d'avoir pu prendre du plaisir alors qu'il pleurait ? Peut-être a-t-il compris alors que je ne l'aimais pas, même si je ne le savais pas encore moi-même.

Le serveur ne bougeait pas, il attendait que je choisisse rapidement, mais je n'avais aucune intention de me presser et de risquer de me tromper. Je reposai la carte sur la table en lui demandant de me laisser le temps de choisir tranquillement ; jusqu'ici il n'avait pas fait attention à moi, mais la lenteur de ma diction, mon regard un peu vague et mon air de baroudeur avec mes cheveux longs me valurent un regard suspicieux. Je me rendis compte que j'avais passé un long moment aux toilettes en arrivant, et que j'y étais redescendu pendant le déjeuner en laissant mon plat refroidir. Ma paranoïa d'ex-toxicomane me reprenait et j'eus soudain peur que mon regard n'ait été changé par l'avalanche de souvenirs qui remontaient en moi. J'aimais précisément l'héroïne parce qu'elle rendait le souvenir frigide, entièrement désincarné, et chassait les fantômes. Où était-elle maintenant, toute cette poudre blanche ? J'en avais tellement pris, si j'avais dû estimer la quantité que j'avais ingérée durant toutes ces années, il m'aurait fallu compter en kilos. Qu'étaient-ils devenus ? On m'avait pourtant dit que le corps avait une mémoire. Où était-elle aujourd'hui, cette mémoire du corps, pour m'aider à retenir ce qui montait en moi ?

Le serveur s'éloigna en me jetant un regard vraiment antipathique, pour prendre la commande d'une autre table. Je détestais être dévisagé, alors que, quand j'étais héroïnomane, je pouvais piquer du nez sous les yeux de n'importe qui sans ressentir la moindre honte. D'ailleurs, même sans drogue, je m'étais toujours senti en dessous du regard des autres, comme si j'existais sous leur ligne d'horizon, invisible.

Des pensées confuses, passant de la tarte aux fraises au cadavre de mon père ou à la folie de ma famille, me venaient à l'esprit. Je pensais à ces mots idiots d'une femme que j'avais fréquentée pendant quelques mois, une rousse assez laide : « Tu verras, m'avait-elle déclaré, la vie se charge toujours de remettre les gens à leur place. » Elle avait à peine eu le temps de finir sa phrase sur son ton sentencieux que je l'avais déjà quittée en courant le plus vite et le plus loin possible. J'avais détesté sa remarque que j'avais trouvée d'une bêtise sans espoir.

Le but d'une vie n'était-il pas justement le contraire ? Et de quelle place parlait-elle ? Fallait-il encore en avoir une. La vie se chargeait-elle aussi de remettre les morts à leur place de vivants ? J'étais parti pour ne pas la gifler, ce petit pincement de lèvres sans générosité qu'elle avait eu en me parlant avait fait monter en moi une violence dangereuse, de celles des grands calmes qui ne s'emportent jamais mais qui, dans des moments aussi surprenants qu'inattendus, ne peuvent plus se contenir et explosent. Si je l'avais giflée, peut-être qu'elle aurait essayé de comprendre pourquoi quelqu'un d'aussi paisible que moi sortait ainsi de ses gonds et qu'elle aurait réalisé à quel point sa phrase était stupide. Malheureusement, elle n'avait pas voulu connaître la cause de mon départ – par peur de la vérité ? –, et elle devait depuis avoir répandu autour d'elle bien d'autres petites phrases toutes faites sur ce qu'elle pensait avoir compris de la vie. J'étais surpris de voir que j'y pensais toujours ; hélas, la bêtise ne s'efface pas facilement, elle perdure au contraire en nous et peut prendre dans notre mémoire autant de place que quelques notes d'un concerto de Mozart.

Un vendeur ambulant coiffé d'une casquette écossaise et vêtu d'un pull-over bleu passa devant moi avec ses journaux. Il devait avoir un accord avec le gérant du café pour pouvoir s'arrêter ainsi entre les tables, ce qui me parut être un bon marché. Il avait de la chance car il ne pleuvait pas. Je lui fis signe pour lui acheter plusieurs quotidiens. Je cherchai les pièces de monnaie dans ma poche afin de faire l'appoint et le remerciai vivement de m'apporter cette distraction. Il me sourit avec gentillesse, et je vis que ses dents se chevauchaient. Il devait considérer que mon enthousiasme était exagéré, mais, au moins, il ne me regardait pas comme un toxicomane, plutôt comme un illuminé. Je n'étais pourtant qu'un homme combattant sa mémoire pour trouver un peu de répit et comprendre quel chemin emprunter à présent. J'aurais pu lui demander de s'asseoir un instant à ma table, mais il aurait probablement refusé, et les responsables du café ne l'auraient jamais permis. Il semblait encombré avec sa pile de journaux qu'il n'aurait pas pu poser, et il lui en restait encore beaucoup à vendre. Je lui rendis donc son sourire avant de me plonger dans ma lecture, sans lui dire que, si les circonstances avaient été différentes, nous aurions pu partager un moment.

J'avais acheté ces journaux pour oublier que mon père était mort et que Gabriel, depuis, cherchait à me hanter. Je m'apprêtais à remplir ma tête de mots qui n'étaient pas les miens, ce qui allait forcément bousculer les souvenirs qui s'imposaient à moi. J'étais devenu en quelques heures une véritable maison hantée. C'était une bonne idée, ces journaux, tout s'y raconte en paragraphes et, contrairement aux livres, les sentiments n'y ont pas leur place et ne peuvent pas résonner avec nos vies. Je sentais qu'il fallait que j'arrête la machine qui s'était mise en route depuis l'atterrissage et qui faisait progressivement remonter en moi des souvenirs éteints mais toujours douloureux. Tout était une question de maîtrise, il ne fallait pas les laisser sortir, et, si on y parvenait, on pouvait oublier bien vite qui on était et devenir un étranger à soi. J'avais rêvé d'être un tel nomade, marchant sur le bord d'une route en ne laissant rien derrière lui, n'ayant rien vécu. J'imaginais la légèreté de la démarche d'un homme au cœur vierge. Etre l'otage de ses souvenirs est une torture, ils ne servent à rien sauf à nous entraîner vers le passé avec nostalgie, parfois avec effroi. Personne ne regarde derrière soi sans sentir sa poitrine se serrer et sans ressentir une grande mélancolie. Que sont les fantômes qui nous hantent, sinon nos souvenirs ? Je ne croyais ni aux portes grinçantes ni aux verres possédés, sachant trop que les fantômes ne sont que la matérialisation de nos souvenirs. On les invente pour ne pas croire à la mort, penser qu'il existe une vie ailleurs, mais la mort n'est rien que le néant, elle ne fait aucun bruit, ne hulule pas dans les couloirs en faisant tinter ses chaînes, c'est juste un long silence dévastateur semblable à celui qui clôt une mélodie en nous déchirant l'âme.

Souvenir : survivance dans la mémoire d'une sensation, d'une impression, d'un événement passé. Passé : vie écoulée antérieurement à un présent donné. Tout cela semble clair, pourquoi revenir alors sur une vie révolue ? Même ce croque-madame, il me fallait l'oublier pour ne penser qu'au dessert que je comptais commander, n'en déplaise au serveur, après ma lecture. Je gardais son idée bien à côté de moi et je savourais l'hésitation. Je dépliai ensuite mon premier journal en faisant très attention à en respecter les plis et à ne pas me mettre d'encre sur les doigts pour ne pas avoir à retourner aux toilettes et risquer, de nouveau, de m'apercevoir dans le miroir et d'y croiser le regard de mon père. Les gens m'avaient souvent dit que je ne lui ressemblais pas, mais que j'avais ses yeux. Cela était terrible pour moi. Qu'avais-je bien pu puiser au fond de son âme, pour hériter de son regard ? Heureusement, les gens disent souvent n'importe quoi, surtout à propos des ressemblances.

J'avais lu tout ce qui m'intéressait quand je me penchai sur les mots croisés. Sur la ligne horizontale, la définition disait : *Archange cité dans l'Ancien et le Nouveau Testament. Messager de Dieu dans la Bible et le Coran.* Mon fantôme était là, face à moi. J'inscrivis la réponse : G-A-B-R-I-E-L. Ce que ce journal ne disait pas, c'est que Gabriel était censé être la main gauche de Dieu, il annonçait la prophétie et, quand il apparaissait dans la Bible, il y était toujours représenté comme un homme robuste. C'était de toi qu'on parlait, mon fragile, avec ta beauté féminine et ton âme en verre soufflé. Pourquoi te prononçais-tu dans mon journal ? Te rappelles-tu ce jour où j'avais pu pédaler pour la première fois avec ton vélo blanc sans mettre les pieds par terre ? Tu n'y arrivais pas et je t'avais pris la bicyclette en te regardant avec défi, et, je ne sais par quel miracle, j'avais réussi à pédaler sans tomber. Et toi, mon aîné, au lieu de te vexer, tu avais hurlé de joie, fier comme un paon : « Vas-y, Vincent ! », criais-tu. J'étais tellement heureux que j'en avais mal aux mâchoires à force de sourire. Mon tendre frère, je ne connaissais pas alors le sens de ton prénom, mais je te voyais déjà comme la force de Dieu.

A la table voisine, deux personnes déjeunaient, apparemment un couple. J'avais entendu malgré moi des bribes de leur conversation qui s'immisçaient au milieu de mes pensées sans que j'y fasse vraiment ni attention ni abstraction, puis le ton de leur conversation s'était élevé, l'homme avait haussé la voix et la femme avait répondu un peu sèchement avant de se mettre à pleurer. Cette fois, pris de curiosité, j'avais tendu l'oreille en essayant de comprendre le sujet de leur dispute. L'homme était arrivé le premier et il avait attendu au moins vingt minutes sa femme. Il avait regardé sa montre plusieurs fois et paraissait assez agacé. J'arrivais moi-même très souvent en retard autrefois, n'ayant jamais vraiment attendu qui que ce soit dans ma vie. Les gens qui arrivent en retard sont souvent les plus riches, eux n'accordent pas la même valeur au temps. Déjà, enfants, tout nous attendait toujours ; les chauffeurs pour nous emmener à l'école ou venir nous y chercher ; les nurses, que nous finissions de jouer ; nos bains, à peine arrivés, étaient coulés ; les repas, dans la cuisine ; et nous n'attendions nous-mêmes jamais nos parents, car très souvent nous faisions tout cela sans eux. Je ne les avais jamais vus attendre qui que ce soit non plus, il y avait toujours une dizaine de gens derrière eux prêts à les servir et, quand ils recevaient des invités, ils ne toléraient pas les retardataires car tout le monde savait que Monsieur passait à table à vingt heures tapantes et qu'il n'aurait jamais patienté pour personne, ce qui gênait un peu ma mère quand certains convives arrivaient un peu après vingt heures, mais pas assez pour qu'elle ose s'opposer à mon père. Il tenait cette impolitesse de son propre père qui lui avait répété maintes fois qu'il ne fallait jamais attendre personne car c'était une forme de soumission intolérable pour un homme de son rang. Mais ni mon père ni le sien n'avaient rien compris à la vie, ou peut-être ne voulaient-ils rien savoir de l'amour, car quoi de plus nécessaire que la soumission à l'autre pour aimer ? On n'attend jamais une personne que parce qu'on s'inquiète pour elle, et qu'on désire la voir. Parce qu'on l'aime. Peut-être que si nos parents nous avaient attendus plus souvent à la sortie de l'école ou ailleurs nous aurions pu être des hommes différents ?

On ne pouvait que remarquer la femme qu'avait attendue mon voisin, non qu'elle fût particulièrement belle, avec ses grands yeux bleus, ses cheveux trop blonds et ses racines foncées, mais elle attirait le regard. En arrivant, elle s'était excusée en se justifiant excessivement. Elle ne s'était pas assise tout de suite ; elle avait seulement posé son sac et était descendue aux toilettes, comme si arriver quelque part, pour elle, était insupportable. L'on pouvait deviner cela seulement en l'observant et j'avais ri en le pensant, n'étant pas la personne qui patientait, et n'ayant moi-même jamais attendu quiconque. L'homme devait être son compagnon, son fiancé, son mari, son soupirant ou son amant, son intime du moins, car il y avait entre eux une tension sexuelle palpable, qui se voyait dans la manière qu'ils avaient de s'agresser. En observant cette femme du coin de l'œil durant quelques instants, j'avais pu lire en elle comme dans un livre ouvert; certaines personnes nous éclaboussent ainsi de leur personnalité, ne sachant rien contenir de ce qu'elles sont à l'intérieur d'elles-mêmes. Totalement dépourvues de pudeur, elles semblent vouloir montrer au monde qui elles sont, et le prennent en otage, parfois sans le savoir. Ce sont souvent de grands narcissiques qui ne demandent à personne la permission d'exister, occupent un espace vital colossal, et qu'on ne peut que remarquer. Souvent, ceux-là mêmes qui m'exaspèrent réussissent aussi à me fasciner. Je les scrute alors comme un scientifique pourrait observer des lamantins, pour essayer de comprendre d'où ils viennent et comment ils peuvent s'approprier un espace qui ne leur est pas dédié. Généralement, ces mêmes personnes n'ont aucun scrupule à piétiner les autres pour survivre et s'imposer.

Ma voisine était remontée tranquillement des toilettes, l'air de rien. Leur dispute s'était envenimée et l'homme était parti sans manger, laissant son assiette de tartare et de frites intacte. Elle était restée seule à pleurer sans rien faire, pas même remettre son gilet alors qu'elle frissonnait dans sa robe à fleurs d'un bleu un peu fané. Elle ne s'était pas levée et je ne l'avais pas entendue lui dire au revoir. Assise le dos tourné, elle n'avait pas pu le voir hésiter, quelques mètres plus loin, à revenir sur ses pas. Combien de fois dans nos vies restons-nous de dos et ne voyons-nous pas que les choses auraient pu être autrement si nous avions légèrement changé de position ? Ayant seul vu que l'homme avait voulu faire demi-tour, j'avais l'impression d'avoir volé un peu de leur intimité, comme s'il m'avait livré un secret. Combien de secrets de la vie des autres gardons-nous pour nous, alors qu'ils auraient pu changer leur existence ?

Gêné par son silence si pesant, je lui tendis une serviette en papier qu'elle accepta, même si elle en avait déjà une devant elle et qu'il lui aurait suffi de tendre la main pour l'attraper. Elle avait mis ses lunettes noires pour couvrir ses yeux pleins de larmes, mais elle semblait vouloir parler à quelqu'un. Je pressentais qu'elle allait rester là, à pleurer à côté de moi sans rien me demander, mais sans rien refuser non plus, et je me sentais d'un coup responsable d'elle alors qu'elle ne m'avait peut-être même pas remarqué. Je ne me suis jamais senti très bien dans ce genre de situation, ayant toujours eu l'impression qu'on attendait de moi que je fasse quelque chose et m'étant toujours senti rapidement coupable si je ne faisais rien. Je me rendais compte, en essuyant la sueur qui perlait sur mon front, du ridicule de l'état dans lequel je me mettais pour cette étrangère. Je réalisais à quel point les choses étaient compliquées pour moi ; j'avais en permanence le sentiment que le monde attendait que je fasse quelque chose pour les autres, et le regret de ne rien pouvoir faire pour eux.

En pensant à ma voisine, je revoyais la petite fille qui avait accueilli son père à l'aéroport dans sa robe de fête préparée la veille, et je me demandais si, en ce moment même, ils étaient en train de déjeuner ensemble quelque part pour célébrer leurs retrouvailles. J'étais assailli par toutes ces pensées en escalier qui remontaient dans mon esprit à la vitesse de la lumière. Ma tête me donnait parfois la sensation d'être aussi peuplée de gens que les rues de Bombay. Ainsi le monde m'apparaissait-il comme une immense maquette que j'aurais observée de haut, avec recul, et sur laquelle une multitude de vies s'agitaient. N'était-ce pas la place de Dieu que je fantasmais d'occuper ? Je n'étais pas mégalomane, je n'avais aucune folie des grandeurs, mais peut-être étais-je, sans l'avoir jamais su, véritablement narcissique.

Enfant, je ne pouvais pas m'empêcher d'observer les gens dans leurs moindres détails ; ceux-ci m'envahissaient et pouvaient me rendre fou. Quoi que je regarde, il en allait de même. Si j'observais un arbre, je voyais immédiatement les rainures de ses feuilles, l'épaisseur de son écorce ou la longueur de ses racines. Mais, en dépeçant ainsi les autres, c'était moi que je contemplais, moi que je cherchais. Je n'étais pas Dieu, songeais-je, mais seulement un homme tristement narcissique. Car si j'avais vraiment été Dieu, j'aurais pu changer l'ordre des choses et grandir aux côtés de mon frère ; nous aurions alors pu séduire cette charmante étrangère, sans intention de lui faire l'amour, uniquement pour le plaisir de partager ce jeu complice, jouissant d'être frères, en cette belle journée de printemps.

Troublé par ces considérations, moi qui me considérais comme un altruiste sauvé des eaux, j'essayais de ne plus penser à ma voisine qui continuait à pleurer en silence. Je n'avais pas de montre, pas de rendez-vous, je quittai donc sans regret le café qui m'avait servi de premier refuge. Je laissais derrière moi mon serveur suspicieux, à qui je n'avais finalement rien commandé d'autre, son manque de bonhomie et sa manière expéditive de bâcler la description des desserts m'ayant coupé la faim, et la femme malheureuse pour qui je n'avais rien fait d'autre que lui tendre une serviette en papier. Je m'étais attribué le mérite de l'empathie et de la compassion, mais, ne me sachant pas altruiste, je comprenais que je lui avais tout simplement tendu cette serviette pour qu'elle arrête de renifler. Je suis pourtant certain qu'elle pleurait en silence, mais la seule idée de pouvoir l'entendre renifler avait suffi à motiver mon geste ; j'avais voulu qu'elle se mouche rapidement afin que je ne sois pas embarrassé de ne pas pouvoir la consoler. Je ne pouvais pas rester là. C'était trop risqué. Cette jolie inconnue aurait pu me demander, moins par intérêt que par politesse, ce que je faisais ici tout seul. Je n'aurais pas su quoi répondre, aucune banalité ne me serait venue à l'esprit. Dans ma situation, je n'aurais pu que tout lui dire ou me taire. La boîte de Pandore s'était ouverte deux jours après la mort de mon père et je ne pouvais plus rien garder en moi de mon passé. Comment avais-je fait jusqu'alors pour la tenir scellée ? Des années durant, je m'étais réveillé à l'autre bout du monde, jour après jour, et ne m'étais soucié que des quelques heures à venir ; j'étais presque paisible loin de cet immeuble aux pierres grises, ce bâtiment maudit et hanté par les malheurs des gens inconnus et par ceux que nous y avions laissés.

Dehors, il pleuvait légèrement, mais on sentait que le soleil n'était pas loin. Il réapparaissait toutes les minutes, lorsqu'il daignait sortir de la masse de nuages blancs vaporeux qui l'enveloppaient et le rendaient paresseux. A cet instant, j'aurais tellement aimé pouvoir être sur mon banc lointain, adossé à ma maison de bois aux volets verts, à regarder la lumière du soleil couchant emporter avec elle la chaleur suffocante de mon pays aux couleurs multicolores. Je pensais à cette Américaine, Rose, que j'avais rencontrée dans un bar un soir à Calcutta et que j'avais hébergée chez moi quelques jours. Elle m'avait tout de suite plu avec son allure de sportive, son short en jean découpé, ses jambes hâlées par le voyage, ses taches de rousseur, ses cheveux tirés en queue-de-cheval qui lui dégageait la nuque, sa peau qui sentait le musc et ses dents parfaitement blanches. Je comprenais un mot sur quatre de ce qu'elle me disait, mais cela m'avait été agréable, un peu comme les myopes qui ne portent pas de lunettes doivent trouver un certain charme à voir le monde de manière floue. Elle avait l'enthousiasme des Américains, considérant la vie comme un futur à construire ; j'aimais sa fougue naïve, surtout quand elle buvait sa bière à la bouteille. Le jour de son départ, elle m'avait parlé d'amour de ses yeux tristes. Je comprenais mal l'anglais, et j'avais pensé que c'était mieux ainsi. Je n'avais pas eu à lui dire que j'étais heureux qu'elle s'en aille car j'allais enfin pouvoir retrouver mon quotidien, rythmé par le lever et le coucher du soleil au ras du Gange. Je n'avais pas eu à lui expliquer qu'elle avait été pour moi un plaisir fugitif ; comme une pomme que l'on est content de manger, et aussi heureux d'avoir terminée. Certaines choses ne se disent pas.

Je songeais à ma mère et je me demandais si ses pensées étaient autant assassines que ses silences. Je me rappelais avoir souvent guetté le mouvement de ses lèvres quand elle s'approchait de moi avec bienveillance pour me soigner si j'étais malade. Elle ne m'avait jamais dit Je t'aime. Ces trois petits mots, elle aurait pu les murmurer sans effort. A quoi pensait-elle alors ?

Je devais repartir. Je ne pouvais pas monter chez moi. Je ne voulais pas la voir. Je détestais cet endroit qui, sous ses airs hypocrites de parfaite maison bourgeoise, avec ses balcons fleuris et ses pigeons roucoulant, avait abrité tant de drames. Je haïssais ce malheur en robe de fête, et l'idée même d'y redécouvrir l'odeur âcre du passé me donnait la nausée.

Il ne faut jamais conserver ses souvenirs dans un même lieu si l'on ne veut pas être soumis à la torture de les revivre continuellement ; les chagrins ne doivent pas stagner, la seule manière de survivre reste le mouvement. S'éloigner d'eux, ou les tuer. Si ma mère voulait s'en sortir, il lui faudrait quitter au plus vite ces murs incrustés de souvenirs épouvantables avant qu'ils ne prennent le visage de fantômes.

Avait-elle vraiment su ce qui se passait sous son toit ? L'avait-elle déjà surpris sans que je le sache ? J'avais imaginé plusieurs fois ce scénario dans ma tête, seul, n'ayant personne à qui me confier; parler, pour mes parents, était un acte diabolique, un exorcisme aussi atroce que de lancer de l'eau bénite sur un possédé. Nous ne parlions pas, n'échangions jamais que des banalités formelles. Je n'attendais pas que nous nous lancions dans une grande thérapie familiale, mais un minimum vital de parole. Pour mes parents, les enfants étaient réductibles à deux états, malades ou bien portants. Je me souviens qu'ils avaient tous les deux très peur de la fièvre. Quand l'un de nous était malade, une agitation immédiate gagnait la maison. On appelait le médecin, faisait couler des bains froids, on préparait des bouillons et les nurses nous veillaient toute la nuit. Ma mère avait un sixième sens pour anticiper une fièvre, soigner nos corps. Mais, pour tout ce qui touchait nos états d'âme, elle était aveugle. Elle n'avait pas vu son fils aîné tomber en miettes, n'avait pas remarqué qu'il n'avait plus le même visage et ressemblait chaque jour plus à un personnage de Tim Burton, avec son teint blafard et ses cernes profonds.

Elle ne devait pas être au courant pour mon père et Gabriel. Peut-être le doute l'avait-il effleurée, mais elle avait fermé les yeux si fort qu'elle les avait scellés. Plutôt que de renier sa grossesse, comme certaines femmes le font parfois, elle avait dénié ses enfants, nos vies; ainsi existions-nous sans vraiment exister.

VI

Je savais que le cadavre de mon père était présent dans l'appartement. Je marchais dans la direction opposée, je n'irais pas chez moi. Malgré le soleil qui sortait de sa cachette, j'avais très froid. Il aurait fallu que je rentre pour me réchauffer, mais je n'arrivais plus à me faire à l'idée de retourner là-bas, auprès de ce cadavre qui devait donner à l'appartement une atmosphère de morgue. Pourquoi l'avaient-ils laissé là ? Avaient-ils allumé, comme dans certaines religions, des bougies pour veiller son corps ? Comment réagissaient mes frères ? Elle ne m'avait dit qu'une chose :

« Vincent, tu m'entends ? C'est Maman. Hier... ton père est mort. »

Et puis un long silence. Etait-ce dans ce silence qu'elle m'avait demandé de rentrer ?

Je n'avais pas de chagrin, j'étais en colère comme si le passé s'était substitué au présent et que j'avais ressenti en quelques heures tout ce que je m'étais interdit enfant. La seule chose qui aurait pu me faire remonter chez moi aurait été la perspective de lui mettre mon poing dans la figure, de lui hurler ma haine et de m'assurer qu'il brûle en enfer. J'entends encore ses pas dans le couloir, le soir très tard, sortant de la chambre de mon frère. J'avais d'abord cru à un fantôme, mais, un soir, j'avais vaincu ma peur. Je devais avoir dix ans, j'étais sorti de mon lit pour en avoir le cœur net et je l'avais reconnu, s'éloignant dans le couloir dans sa robe de chambre en cachemire. J'étais retourné dans mon lit et j'avais pleuré de jalousie. Mon père préférait Gabriel, c'est pour ça qu'il venait le voir le soir. Je les imaginais en train de parler et de rire. Que pouvaient-ils bien faire d'autre ? Un père et son fils. Je ne me rappelais que maintenant, en marchant sur les trottoirs gris de Paris, que Gabriel m'avait raconté une histoire sordide de tueur qui entrait la nuit chez les gens et que l'on ne parvenait pas à arrêter. En attendant qu'on le retrouve, m'avait-il dit, je devais m'enfermer chaque soir à double tour dans ma chambre. Comment aurais-je pu deviner que le tueur, c'était Monsieur ?

Mon père était mort. Allait-on l'enterrer avec des couronnes de fleurs et de grands discours, comme un homme respectable ? Allions-nous marcher, tout de noir vêtus, sur un triste chant funèbre, avant de rentrer dans l'église pour nous asseoir aux premiers rangs, réservés à la famille ? Ecouter les paroles du prêtre commentant la douleur que représente la perte d'un être proche et promettant la lumière au bout du chemin pour nous mener au paradis ? Ses paroles réussiraient-elles à nous rappeler certains moments de vie qui nous auraient unis ? Il y aurait sûrement des rires contenus, des larmes versées, tandis que certains murmureraient à leurs voisins les secrets de notre famille pour pouvoir s'approprier notre tragédie, sans rien perdre toutefois de ce qui se passerait au premier rang des Rambaldini. Mon petit frère Tristan aurait sorti une belle robe noire et peut-être une voilette à dentelle pour cacher son visage défiguré par les larmes. Julien roulerait et déroulerait le carnet de messe, probablement gêné de se tenir à côté d'un frère qu'il ne connaissait plus, se demandant, les yeux rivés sur le cercueil de notre père, ce qu'avait bien pu être mon enfance. Ma mère, habituée aux enterrements, ferait semblant d'entendre le prêtre en écoutant les notes de l'orgue résonner contre les murs froids de l'église. Et je serais, comme toujours, impatient de voir le temps passer.

Je ne partageais ma vie avec personne. Je n'éprouvais plus que des sensations physiques. J'avais froid quelquefois, chaud très souvent. Le sens de mon odorat me dirigeait généralement. J'étais devenu un être de sens plutôt que de sentiments. Un corps vidé de songes. Je n'avais pas d'ami et pas de femme. Les gens étaient, pour moi, interchangeables. Peu m'importait qu'ils soient là ou pas. Je ne craignais aucun départ. Je n'étais pas malheureux, j'éprouvais même du plaisir à sentir mon ventre se remplir quand j'avais faim, et à frissonner le soir quand la chaleur avait été insupportable la journée. C'était comme si tous les liens qui me reliaient aux autres s'étaient défaits. Je n'avais pas toujours été ainsi.

J'avais aimé autrefois. Je me rappelais ma fiancée aux yeux bleus, Julie. J'avais dix-sept ans, elle fut mon premier et mon dernier amour. Je l'avais rencontrée dans la rue un soir où il pleuvait. J'attendais mon dealer. Elle était sortie de l'immeuble, et s'était approchée de moi pour me demander du feu. J'avais sorti mon briquet et entouré la flamme avec ma main pour ne pas qu'elle s'éteigne. Elle avait approché son visage, sa cigarette à la bouche. Ses lèvres pulpeuses étaient d'un rose magnifique et des boucles blondes tombaient en désordre sur l'ovale de son menton. J'avais senti son parfum, un mélange poivré d'ambre et de musc. Quelque chose avait bougé dans mon bas-ventre et les battements de mon cœur s'étaient accélérés. En quelques secondes seulement. Elle m'avait regardé en souriant, j'avais aimé ses dents de la chance. Elle n'avait pas l'air pressée. Je n'avais rien dit. Elle m'avait alors demandé si j'attendais Maxime, mon dealer. Sans savoir pourquoi, moi qui ne mentais pas, j'avais répondu que non. Je ne la connaissais pas, mais j'avais déjà peur de la perdre. Comme je ne disais toujours rien, immobile, transi par une émotion qui me rendait fébrile, elle avait pris les devants en me proposant de l'accompagner à une fête. Nous avions marché l'un à côté de l'autre, sous la pluie, assez longtemps. Pour la première fois depuis longtemps, je n'avais pas ressenti le manque de la drogue, seul le désir de cette fille que je venais de rencontrer et dont je ne connaissais même pas le prénom brûlait en moi. Je l'aimais déjà. A cet instant, j'avais cru, avec toute la fougue de ma jeunesse et la puissance de mes rêves encore intactes, que ma vie venait de commencer. J'écoutais son rire et je me demandais comment il avait pu conserver ces notes cristallines propres à l'enfance. Elle était si jolie. Pas après pas, à côté d'elle, je m'étais senti devenir un homme. Je n'avais eu aucun doute, j'étais sûr que nous ferions l'amour. Je me souviens encore de tous ces mots que je taisais et qui se bousculaient en moi mais qui, cette nuit-là, auraient été bien moins parlants que le silence qui abritait les prémices de notre amour. Après la fête, où nous nous étions à peine parlé, elle s'en était allée sans rien dire. Je l'avais cherchée partout et j'étais rentré chez moi, le cœur lourd. Je l'avais ensuite attendue tous les jours devant l'immeuble où je l'avais vue la première fois. Quand enfin nous avons fait l'amour, elle m'avait avoué qu'elle était partie la première fois parce qu'elle avait eu trop peur que l'amour ne se consomme trop vite. Nous étions faits du même bois, la vie pour nous était grave. Nous avons vécu une histoire courte, mais essentielle. Elle m'a quitté rapidement, le cœur brisé, en comprenant mon addiction à l'héroïne. Sa mère était morte d'une overdose quand elle avait onze ans.

A cette époque, mes rapports avec Gabriel s'étaient un peu améliorés. Il m'avait entendu pleurer un soir, dévasté par le chagrin. Il était entré dans ma chambre et m'avait serré contre lui sans rien dire. Il avait toujours su transmettre aux autres une tendresse capable de les réchauffer immédiatement, comme si, avec ses bras, il leur offrait un bouclier pour les protéger du malheur. L'étreinte était courte, mais sa chaleur s'inscrivait dans la mémoire de votre corps à jamais. Mon frère est mort trop jeune, je n'ai rien pu lui rendre. Je n'ai été que son cadet, attendant tout de lui et je n'ai pas su être là, alors même qu'il était désespéré. Quand j'ai essayé de comprendre, il était trop tard.

Il y a des images qu'on ne peut pas oublier. Je n'aurais jamais dû ouvrir cette porte. Je savais en la poussant que certaines doivent rester fermées, mais mon frère, je voyais trop combien tu avais perdu ta lumière et je voulais comprendre ce qu'il t'arrivait. J'avais pressenti l'horreur, mais je ne l'avais pas vue. Sans images, elle était impossible à envisager. Tu m'avais toujours tout confié, tu ne me disais plus rien. J'ai compris, en voyant, que tu voulais me protéger pour me cacher que j'étais le fils d'un monstre.

J'avais eu raison de faire demi-tour. Qu'est-ce qui m'obligeait à monter ? Le froid ? L'illusion que je pourrais me réchauffer dans le vaste appartement familial, au coin de cette cheminée démesurée ? Le devoir ? Les quilles tombaient les unes après les autres et j'étais maintenant le chef de famille. Mais j'étais d'abord un déserteur et ce groupe n'avait rien d'une famille. Ma mère devait m'attendre pour remplir les papiers du décès. Je ne savais pas du tout comment m'occuper d'un mort. Qu'attendait-elle de moi en m'implorant de cette voix maternelle pleine de tristesse et de silences ? Ce besoin qu'elle avait de ma présence, dans un moment morbide, seulement parce qu'il n'était plus là, me blessait profondément. Elle ne m'avait jamais rien demandé ; si seulement elle avait su ce que j'aurais pu lui donner... Mais peut-être n'attendait-elle rien. Peut-être est-ce précisément cela qu'elle avait voulu exprimer haut et fort dans son silence, et que mon fol espoir d'elle m'avait seul induit en erreur. Toute ma vie j'ai cherché une explication à ces mots non dits. Je les interprétais selon mes humeurs.

Un soir, ma mère et moi étions ensemble à l'arrière de notre voiture, nous roulions sur les quais, lentement. C'était l'été, je me souviens que ma vitre était ouverte et que l'air chaud caressait mon visage. Je devais avoir douze ans, nous revenions d'un dîner donné à l'occasion de la communion du fils d'une de ses amies qui avait mon âge. Je regardais par la fenêtre, hypnotisé par les flots brunâtres de la Seine et les lumières de la ville qui s'y reflétaient. Nous ne parlions pas. Elle regardait dans la même direction, elle aussi contemplait la Seine sans rien dire. Même si je ne la voyais pas, je le savais. J'écoutais le son de l'air entrer par la fenêtre et le bruit des voitures, mais rien ne s'entendait aussi fort que notre silence, réciproque. C'était notre langage. Dans ce silence, nous nous aimions. J'aurais voulu lui prendre la main, mais je n'avais pas osé, je savais à quel point elle n'aimait pas qu'on la touche. Je ne bougeais pas. J'avais les yeux fixés vers l'extérieur, mais je ne regardais plus la Seine. Mes yeux étaient comme embués par les larmes qui remontaient de ma poitrine, soudain comprimée par ces élans refoulés. Les larmes étaient restées à la lisière de mes yeux, sans couler, comme ces gestes que je ne faisais pas et ces mots que je ne prononçais pas. Je regrette de ne pas avoir eu la force de bousculer les portes des cages dans lesquelles nous étions enfermés. J'ai manqué de courage, je savais pourtant que je fabriquais mes regrets.

Il fallait que je change de quartier, je n'avais pas de montre, mais, à en juger par le ciel, il devait être treize heures trente. La vie avait nettement repris, tous les commerces étaient ouverts, il y avait du monde partout. Les gens n'avaient pas l'air d'avoir froid, ils se promenaient en tenues estivales. Passant devant une bouche de métro, j'observai la foule descendre pour s'y engouffrer. Je n'avais jamais pu descendre sous terre. La seule fois où j'avais tenté l'expérience, cela avait été une catastrophe. Ce n'était pas de la claustrophobie mais ma peur de l'enfer qui m'en avait empêché. Je m'étais toujours représenté l'enfer de manière primaire, avec de grandes flammes rouges dévorantes, très figuratives, presque enfantines, dignes d'une bande dessinée. J'y voyais une porte, un diable et des âmes errantes aux visages défigurés. Ce qui est étrange, c'est que je n'avais aucune idée ou image de ce que pouvait être le paradis. Ma peur n'avait rien de religieux, c'était une simple terreur irrationnelle. Je la savais complètement dépourvue de logique, mais je ne pouvais pas, pour autant, descendre dans ces tunnels.

J'avais quatorze ans. J'avais rendez-vous au pied du Trocadéro avec des amis pour faire du skateboard; j'étais arrivé accompagné par mon chauffeur, que j'avais supplié, comme d'habitude, de m'attendre à deux cents mètres de notre lieu de rencontre, pour que personne ne me voie descendre de cette grande voiture noire ostentatoire. Quelques garçons, dont un, très chef de bande, qui avait deux têtes de plus que moi, une mèche noire sur le côté, un nez de boxeur et sa cigarette toujours au coin des lèvres, même sur son skate, chose que je trouvais très classe, avaient décidé d'aller voir le nouveau skatepark qui venait juste d'ouvrir. J'étais moi-même très bon skateur, et ce chef, que j'admirais avec toute la fougue de mon adolescence, n'y était pas pour rien, puisque je m'étais entraîné sans relâche dans la cour de l'immeuble pour pouvoir l'impressionner le week-end venu sur les allées du Trocadéro. Ce jour-là, il s'approcha précisément de moi et me demanda si je voulais venir avec eux. C'était la première fois qu'il s'adressait à moi directement, lui, la légende de l'esplanade, qui, disait-on, vivait seul depuis l'âge de sept ans. On racontait qu'il avait réussi à échapper aux services sociaux et qu'il habitait seul depuis. J'avais imaginé mille fois le jour où il viendrait me parler en rêvant que l'on devienne, dès lors, les meilleurs amis du monde. Je nous imaginais ensemble, ne pouvant plus nous passer l'un de l'autre, à fumer cigarette sur cigarette en roulant sur nos skates. Nous aurions même vécu ensemble dans son petit appartement sans personne pour nous dire quoi faire. Tout chez lui me faisait rêver ; à l'époque, si l'on m'avait demandé ce que je voulais faire plus tard, j'aurais répondu sans hésitation : « Devenir Martin Castro. »

Ce jour-là, je lui avais donc répondu oui d'un signe de tête un peu détaché et lui avais tapé dans la main façon gangster américain. Cinq, six garçons se mêlèrent à nous. J'étais embarqué dans leur liberté, content d'avoir échappé à la vigilance de mon chauffeur, je me sentais au-dessus du monde. Sur la route, nous avons continué à faire les malins sur les marches du Trocadéro, à coups de figures acrobatiques. Je me savais être de loin le meilleur et j'en éprouvais une grande fierté, exacerbée sous le regard de Martin Castro. Mais j'ai soudain compris, en apercevant la bouche du métro, dans quelle direction nous allions. Mon cœur s'est emballé si vite que je fus pris d'un malaise, je me sentais pâlir et un filet de sueur s'est mis à couler sur mes tempes qui battaient à tout rompre. Je devais me calmer, nous sommes les rois du monde, me suis-je dit, je ne pouvais pas passer à côté d'une chance pareille ; j'essayais de faire comme si de rien n'était, tout en me raisonnant et en me répétant que je ne pouvais pas gâcher le plus beau jour de mon adolescence. En dépit de mes efforts, je n'ai pas pu lutter contre mes émotions. La peur a emporté mes jambes et je me suis évanoui avant même d'avoir pénétré dans le métro.

J'ai gardé une dernière image de mon héros, sans doute fantasmée car, de là où j'étais, il était presque impossible de le voir encore : il jette son skate en bas de l'escalier, se laisse glisser sur la rampe et atterrit sur sa planche, au pied des marches, les cheveux au vent, parmi la foule qui s'écarte.

Je me rappelle avoir descendu quelques marches et puis plus rien, le trou noir. Je ne sais pendant combien de temps je suis resté inconscient, mais ça n'a pas dû être très long. Lorsque j'ai rouvert les yeux, j'étais toujours sur les marches, quelques personnes s'étaient attroupées autour de moi pour me venir en aide, mais aucun signe de Martin Castro ni de ses copains. Ils m'avaient laissé tomber. J'avais couru pour fuir le regard des passants, un sentiment d'abandon me coupait la respiration, et j'avais fondu en larmes plus loin, emporté par un chagrin excessif. Abandonnant mon skateboard derrière moi, j'étais parti à la recherche de mon chauffeur qui ne m'avait posé aucune question en voyant mon visage déformé par les larmes dans le rétroviseur. Joseph travaillait au service de mon père depuis que j'avais quatre ans. Nos regards s'étaient croisés, nous nous sommes regardés en silence pendant une longue minute, puis il a de nouveau fixé la route et ne s'est plus retourné. Je ne suis pas revenu au Trocadéro, n'ai plus jamais croisé Martin Castro, l'homme que je voulais devenir, plus tard, et je ne me suis plus approché du métro.

Peut-on parler de peur ou de chagrin prémonitoires ?

Mon frère avait dix-neuf ans quand il s'est suicidé en se jetant sur les rails du métro de la station Falguière.

Je marchais vers les quais. Passant devant un salon de coiffure, je décidai de me faire couper les cheveux que j'avais en dessous des épaules. Je n'avais jamais aimé les cheveux longs et je ne les avais laissés pousser que par négligence. Il n'y avait personne à l'accueil et tous les coiffeurs avaient l'air occupés. J'allais ressortir quand l'un d'eux, un homme en plein brushing, arrêta le sèche-cheveux sans lâcher les mèches qu'il tenait et me fit signe d'approcher.

— Vous avez rendez-vous ?

— Non.

— Je ne peux pas vous prendre tout de suite, mais vous n'allez pas patienter très longtemps. Vous voulez faire quoi ?

— En fait, j'aimerais les couper un peu court, très court même.

Il lâcha la mèche qu'il tenait et me toucha les cheveux pour les soupeser et évaluer le temps qu'il mettrait à les couper. Il ralluma son séchoir et, en me regardant dans le miroir, me dit en souriant :

— Je peux vous prendre dans une vingtaine de minutes.

— Très bien, je vais attendre.

La perspective de me faire couper les cheveux par quelqu'un de sympathique me réchauffa immédiatement ; après tout, qui a besoin d'une cheminée monumentale dans un appartement glacial pour se sentir au chaud ? Je restai debout sans bouger, les bras ballants, mais j'étais bien au milieu de ce petit salon sans prétention à l'odeur de laque parfumée où les femmes venaient se faire belles.

— Vous pouvez vous installer là-bas, me conseilla le coiffeur en me montrant un fauteuil à côté d'une femme installée sous un casque chauffant.

Je m'assis et pris un magazine féminin, plus pour m'occuper que par intérêt. Je sentais la chaleur du casque qui soufflait assez fort, c'était agréable et j'avais presque envie de fermer les yeux pour faire un petit somme, mais j'étais trop gêné par les regards curieux que me lançait ma voisine à la tête pleine de bigoudis. Je ne savais pas à quoi elle pensait, mais on sentait qu'elle s'ennuyait et qu'elle cherchait à se distraire. Après quelques sourires et des échanges de magazines, elle se lança :

— Il fait très chaud sous ce casque, vous pouvez m'aider à baisser la température ?

Je tournai la tête pour savoir à qui elle s'adressait, il n'y avait personne ; c'était bien à moi qu'elle parlait. Les gens ont rarement le sens de l'observation et n'ont aucune intuition psychologique. Ainsi s'adressent-ils souvent aux autres sans même les regarder. Comment pouvait-elle imaginer que je savais baisser la température d'un casque chauffant ? J'avais tout sauf une tête à cela ; je ne m'étais jamais approché d'un appareil ménager, je ne savais pas vraiment ce que je faisais dans ce salon de coiffure, même si j'y étais bien, et je pense que c'était la première fois que je me rendais chez un coiffeur. En Inde, je me tondais la tête seul, une fois par an. Stupéfait, je restai sans réagir. Elle me tapota le genou avec familiarité, ce qui me fit faire un brusque bond en arrière. Je n'aimais pas qu'on me touche, et préférais toujours que les gens restent à bonne distance de moi. On ne se touchait pas dans la famille, nous étions un foyer d'hommes et notre mère n'avait jamais eu, ou très rarement et maladroitement, des gestes de tendresse pour nous. A son contact, un souvenir me revint.

J'ai quatre ans, je ne sais plus si c'était chez nous à Paris ou dans notre maison de vacances à Ramatuelle, je m'approche de ma mère pour l'embrasser, elle me repousse gentiment et me dit :

— Tu ne vois pas que je suis occupée.

Je la regarde, étonné, et lui demande :

— Tu fais quoi ?

— Je réfléchis.

— Mais tu fais quoi ?

— Ecoute, Vincent, va jouer ailleurs !

— Je ne veux pas jouer, je veux rester avec toi.

— Mais tu ne vois pas que je fais quelque chose ? Où est Rachel ? Rachel !

Immédiatement, Rachel, ma nurse, prise en faute après m'avoir laissé m'échapper, arrive en courant. Ce n'était pas facile pour elle, j'étais habité par la fuite, comme si ma préoccupation principale à l'époque avait été de m'évader de cet Alcatraz bourgeois. Je ne supportais pas d'être constamment surveillé.

— Prenez le petit, et faites attention à ne pas le laisser tout seul ! lui intima fermement ma mère.

La zone dangereuse se situait, pour elle, dans le salon où je pouvais la rencontrer et l'approcher. Rachel me prend la main et m'entraîne vers la salle de jeux.

— Donnez-lui une glace, je pense qu'il a faim, ajoute-t-elle.

Je la regarde, médusé, ne comprends rien à ce qu'elle raconte, voyant bien qu'elle n'est pas occupée ; ses mains sont vides, elle a même l'air de s'ennuyer. Je n'ai pas faim et je n'ai aucune envie de glace.

J'avais quatre ans et je savais qu'elle me mentait. La vérité, c'est qu'elle ne supportait aucun contact physique. Ça ne devait pas être la première fois qu'elle me repoussait ainsi, parce que je me souviens que, ce jour-là, je savais déjà que ce serait une mission difficile de me faire prendre dans ses bras, je l'avais guettée et j'avais attendu le moment où je pourrais justement m'approcher d'elle sans la déranger. Mais toute démonstration de tendresse la mettait mal à l'aise, elle nous repoussait chaque fois, en trouvant des excuses si absurdes que, même très petit, j'avais honte qu'elle puisse s'imaginer que je n'avais pas compris qu'elle mentait. Je ne sais plus combien de fois et par combien de biais j'ai essayé d'obtenir un peu d'affection de sa part. J'ai toujours entendu dire que j'étais douillet car, quand je tombais, même si je ne me blessais pas, je faisais un cinéma d'enfer ; je pleurais, je boitais, j'exigeais qu'on mette des pansements sur des blessures qui saignaient à peine, je faisais tout pour attirer son attention, pour qu'on lui dise le soir : « Votre petit s'est blessé », et qu'elle accoure vers moi pour me prendre dans ses bras. En réalité, je n'étais absolument pas douillet, la seule chose qui me faisait souffrir était de savoir qu'elle ne me consolerait jamais.

J'avais onze ans quand j'ai pris la décision de ne plus m'approcher d'elle. Je me comportais alors avec elle comme un amoureux bafoué, obsédé par ses refus, j'élaborais sans cesse des stratégies pour la faire réagir. J'ai longtemps espéré qu'elle verrait une différence dans mon attitude et qu'elle me ferait appeler en ne me voyant plus dans ses jupes. J'ai même envisagé de faire une fugue pour l'inquiéter, mais je ne savais pas où aller, et l'indépendance n'était pour moi qu'un fantasme. Je ne m'étais jamais rendu seul à la boulangerie, au coin de ma rue, et, même quand je faisais du skateboard dans la cour de l'immeuble, il devait toujours y avoir quelqu'un pour me surveiller par la fenêtre. Je ne me souviens plus du jour où j'ai cessé d'espérer qu'elle vienne vers moi. Je pense qu'il n'y en a jamais eu. Mon attente s'est simplement teintée d'amertume et, aujourd'hui, je ne supporterais pas qu'elle s'approche de moi. Je continue pourtant de nourrir ce désir contradictoire ; ni avec toi ni sans toi.

Mon père était plus doux. Je garde très peu de souvenirs de lui, il m'intéressait peu. Il était toujours chez nous, à la maison, mais restait distant, à l'image du tableau de son père accroché dans l'entrée. Il pouvait être gentil quand il faisait attention à nous, sa présence était tendre, il n'élevait jamais la voix et parfois il nous prenait à part pour nous raconter une anecdote sur l'une de ses œuvres d'art. Il adorait les jeux de pions, mais je n'aimais ni les dames ni les échecs, c'était donc avec Gabriel qu'il entreprenait d'interminables parties les après-midi de dimanches pluvieux. Cela leur permettait de partager de longs face-à-face durant lesquels mon père se lissait toujours le bout de la moustache avant de déplacer un pion, l'œil amusé devant la concentration de Gabriel. Ces jours-là, le feu crépitait dans la grande cheminée, je lisais à côté d'eux des livres d'aventures, j'entendais le rire de mes petits frères qui chahutaient dans la salle de jeux, ma mère jouait Bach sur son

Steinway noir et Victor nous apportait des pâtisseries au salon ainsi que du chocolat chaud. J'écoutais le rire franc de Gabriel, fier de ses habiles déplacements sur l'échiquier, les notes de musique d'une symphonie un peu triste, et je me laissais emporter par les romans que je lisais vers des mondes étrangers au mien. Les grands auteurs savent-ils à quel point ils peuvent être des compagnons de vie formidables ? J'aimais ces moments, je les trouvais parfaits et j'étais presque heureux, mais c'était un bonheur sans gaieté, comme un tableau sans grâce, ou une belle femme sans charme. On dit souvent que nous ne sommes jamais complètement malheureux, mais cela s'applique aussi au bonheur ; nous ne sommes jamais absolument heureux, quelque chose d'incertain rôde toujours et annonce les prémices du malheur. C'est inévitable. Quelque chose de bien plus redoutable que notre propre mort nous guette, tapi dans l'ombre de nos journées ; celle des gens que l'on aime.

Le coiffeur m'appela pour que je vienne prendre place face à son miroir. Je fis un petit signe maladroit à la dame au casque qui eut l'air de comprendre qu'elle s'était trompée d'interlocuteur. Il me fit d'abord un shampoing, me lava soigneusement les cheveux à l'eau chaude, et me demanda si je voulais finir par un jet d'eau froide. Je refusai. Il m'exposa une théorie douteuse sur les fibres capillaires qui seraient renforcées par l'eau froide, insensé puisque je lui avais demandé qu'il me coupe les cheveux court. Je pensai soudain, chose absurde dans un moment si anodin, à la dernière prière des condamnés à mort ; une prière inutile puisque l'homme va mourir.

J'écoutais avec plaisir le bruit des ciseaux sur mes cheveux mais je n'aimais pas voir les mèches tomber par terre, je trouvais cet amas de cheveux morts sur le carrelage macabre. Bastien, mon coiffeur, s'agitait autour de moi en faisant des gestes exagérés, et je dus me pincer les lèvres pour ne pas rire. Il avait l'air tellement enthousiaste, je ne voulais pas le vexer.

— Ça vous plaît ? me dit-il une fois qu'il eut terminé, me tournant désormais autour avec son miroir.

Mes cheveux n'étaient pas aussi courts que je le souhaitais, il avait laissé un peu trop de longueurs devant, mais il semblait si satisfait, avec ses grands gestes de professionnel, que je lui répondis que oui.

Je paraissais nettement plus jeune ainsi, et ma coupe ne me plaisait pas, je préférais la tête que j'avais, autrefois, lorsque j'avais les cheveux courts. Bastien me demanda de m'asseoir pour qu'il puisse achever son chef-d'œuvre.

C'est à huit ans que j'ai pris ma première décision d'homme. J'avais décidé d'en finir avec le cirque ridicule que nous imposait ma mère. Elle avait toujours rêvé d'avoir des filles et, à chaque naissance, était déçue, dépitée ; pour cette raison, elle nous avait donné à tous un troisième prénom féminin. Le mien était Leila. Vincent, Auguste, Leila Rambaldini. Si je n'avais pas aimé mes deux premiers prénoms, j'aurais pu choisir de m'appeler Leila. A chaque déclaration de naissance, garçon après garçon, la mairie l'avait laissée faire. Le dernier de mes frères n'eut que deux prénoms : Tristan, Yasmine. Je croyais savoir qu'aujourd'hui Yasmine avait pris le dessus sur Tristan, et qu'il se faisait appeler « Yaz », ce qui, d'après ses lettres, avait l'air de faire très plaisir à ma mère.

C'est aussi pour cette raison qu'elle refusait qu'on nous coupe les cheveux. Ainsi m'avait-on toujours coiffé d'une queue-de-cheval beaucoup trop longue pour un garçon de mon âge. Elle adorait, et j'avais beau lui dire qu'on se moquait de moi à l'école, mes frères et moi étions obligés de les laisser pousser. « Il faut savoir assumer sa différence. Ça te plaît à toi ? », disait-elle avec ses yeux charmeurs. Lâchement, je répondais que oui pour la faire sourire, mais je détestais devoir me faire coiffer chaque matin par notre nurse. Mon orgueil était blessé, je me trouvais ridicule. J'avais vu des photos de nous bébés et j'avais pu constater nos allures de fillettes. Tout petits déjà, elle nous faisait porter des barrettes de différentes couleurs toujours assorties à nos vêtements.

Une nuit où je n'arrivais pas à trouver le sommeil, j'ai réveillé Gabriel avec qui je partageais ma chambre, pour qu'il me coupe les cheveux. J'avais tout prévu, la paire de ciseaux était sous mon oreiller, et j'avais piqué une lampe torche pour ne pas avoir à allumer la lumière. Gabriel m'avait regardé, ahuri, n'étant pas d'un caractère frondeur, jamais il n'aurait pu imaginer un acte de rébellion pareil. Lui avait fini par accepter ces coiffures grotesques de petites filles apprêtées, si ça peut faire plaisir à notre mère..., disait-il. Mon père lui-même la laissait faire. C'était donc à moi d'agir, nous étions la risée de la cour de l'école, il fallait que je sauve notre honneur. Cette nuit-là, ma décision était prise. Le regard déterminé, prêt à en finir avec cette mascarade, j'attendais au pied de son lit, de grands ciseaux de cuisine à la main, que mon frère m'aide. Mais il ne bougea pas. Je me mis donc à faucher ma chevelure de poupée. Gabriel me regardait dans la pénombre m'acharner sur ma tête, il avait l'air effrayé et devait penser que j'étais fou ou possédé. Nous nous étions raconté tant d'histoires d'horreur que cette scène devait lui sembler étrangement familière. Ma crise de fou rire ne devait pas le rassurer non plus, mais j'étais trop heureux. Je ne sentais pas seulement le plaisir jubilatoire de voir les mèches tomber, je faisais aussi, pour la première fois, et sans permission, un acte qui me mettait en joie ; je venais de comprendre que je pouvais m'affranchir des choix de mes parents en agissant par moi-même. Et Gabriel m'ayant laissé faire cela seul, je comprenais aussi que nous pouvions être ensemble, mais séparés. J'avais vu à quel point mon frère avait peur de la transgression et combien, pour moi, elle était vitale.

Le lendemain, quand ma nurse est entrée dans notre chambre pour nous préparer pour l'école, elle s'est mise à hurler en voyant ma tête, pensant certainement que je m'étais fait attaquer en pleine nuit tandis qu'elle dormait à poings fermés. L'euphorie de la nuit étant passée, le courage m'avait quitté et je regardais le sol sans rien dire. J'avouai mon crime et je ne fus pas puni pour ma désobéissance. La sanction fut pire. Ma mère, au petit déjeuner, ne daigna pas me regarder. Elle m'ignora et dit seulement à ma nurse :

— Vous l'emmènerez chez le coiffeur après l'école, et surtout n'oubliez pas de lui mettre un chapeau avant de partir.

Je l'avais déçue. Son visage était de marbre. Elle était très belle ce matin-là, avec son air hautain et son visage lisse qui ne laissait rien transparaître de ses émotions. Mais je voyais bien qu'elle était un peu triste et qu'elle considérait mon acte de rébellion comme une critique à l'encontre de ses désirs. Je me sentais minable. Je voulais lui demander de ne pas m'en vouloir, mais je me suis tu, et elle aussi. J'aurais préféré qu'elle hurle, qu'elle se mette en colère, qu'elle me secoue, qu'elle m'explique pourquoi elle ne voulait pas nous couper les cheveux, qu'elle aille dans la poubelle chercher les restes de mes mèches, qu'elle les conserve ensuite dans un bocal près de son lit, qu'elle se comporte comme une folle, comme un être vivant, non comme une femme éteinte et froide ; j'aurais voulu qu'elle me parle de sa douleur, qu'elle m'explique qui elle était, que mon père s'en mêle, que Gabriel pleure, que, dans une crise d'hystérie, il se coupe à son tour les cheveux, que tout dégénère en une immense dispute familiale, à l'italienne, et qu'au milieu des insultes et des réconciliations nous nous disions des choses essentielles. Tout, sauf ce silence ponctué par le tic-tac de cette horloge que mon père avait achetée une fortune chez un antiquaire de renom et qui avait appartenu à un membre de la famille royale d'Angleterre.

L'après-midi, je fus emmené par ma nurse et mon chauffeur chez notre coiffeur pour qu'il égalise le champ de bataille que j'avais sur la tête. Le même jour, on me sépara de Gabriel pour m'installer dans une chambre seul.

VII

Je sortis du salon et décidai de continuer vers les quais. En marchant avec ma nouvelle tête ainsi rafraîchie, les mains dans les poches et le col relevé, je me demandais si, avec les années, je n'étais pas un peu devenu fou à force de parler tout seul.

Je rentrai dans les jardins du théâtre Marigny. Un couple de personnes âgées donnait à manger aux pigeons. Dans le bac à sable, des enfants jouaient sur le toboggan devant leurs mères ou leurs nounous étrangères assises sur des bancs en bois. A côté de moi, deux jeunes gens s'embrassaient avec passion. La poussière s'envolait derrière les promeneurs, les arbres étaient fleuris comme dans un jardin japonais, j'entendais les voitures klaxonner, moins bruyamment que dans les villes indiennes, je respirais l'air mêlé de mazout et du parfum des fleurs printanières. Je levai les yeux et regardai les nuages avancer dans le ciel bleu; le monde était bien à sa place, me suis-je dit, il ne fallait pas que je me fasse de souci, tout passerait, je n'étais rien dans l'infini.

En approchant de la place de la Concorde, je voulus tourner à droite pour emprunter les quais rive gauche, mais, bizarrement, comme si j'avais perdu le contrôle de mes jambes, je tournai à gauche pour rejoindre la rue de Rivoli. Je marchais sur la voie réservée aux vélos pour éviter ses arcades en pierre sous lesquelles je détestais marcher. Je m'arrêtai devant la maison Angelina. J'y entrai et me dirigeai vers le fond de ce salon de thé au décor un peu vieillot en prétendant y être attendu. Je cherchai des yeux mon ami invisible, que je ne trouvai pas, et, après avoir fait le tour des tables du rez-de-chaussée, je montai à l'étage pour utiliser les toilettes.

Je poussai la porte, et j'avais dix-sept ans. J'étais venu chez Angelina pour acheter des monts-blancs, mes petits frères les adoraient et ce devait être l'anniversaire de Tristan. Parvenu devant la vitrine pour choisir mes gâteaux, j'étais déjà pas mal défoncé, je me souviens que je n'arrivais pas à articuler ma commande et que je sentais la bave couler sur mon menton sans pouvoir l'essuyer du revers de ma manche. Pour autant, je me sentais tellement bien dans cet état semi-comateux que j'aurais pu rester là sans bouger pendant plusieurs heures. La vendeuse faisait comme si de rien n'était, elle me voyait souvent et me connaissait bien puisque nous venions ici depuis des années. Je n'avais ni argent ni papiers sur moi, j'avais laissé mon portefeuille quelque part. Elle me tendit ma boîte enrubannée avec un grand sourire en me disant qu'elle mettrait ça sur la note de mon père.

J'étais ensuite monté à l'étage et m'étais enfermé dans les toilettes avec ma seringue et mon paquet d'héroïne, avant de m'asseoir sur la cuvette. Je m'étais servi du ruban pour me faire mon garrot ; il était rare que je me pique dans le bras, je préférais viser les gencives ou l'intérieur de la langue pour éviter les bleus. J'avais regardé la boîte de gâteaux que j'avais écrasée sous mon pied sans le faire exprès, et j'avais pensé que Tristan serait déçu car les monts-blancs que la vendeuse m'avait vendus et emballés avec son sourire d'ange étaient les deux derniers. Ce fut la dernière image que je vis. Je venais de faire ma première overdose. Je m'étais réveillé plus tard, seul, à Garches, avec deux dents en moins, vêtu d'une robe d'hôpital. Je ne savais pas ce qui m'était arrivé, mais j'étais paniqué car mes vêtements n'étaient pas dans la chambre et je craignais que les médecins n'aient vidé mes poches. Ils n'avaient pu joindre personne, m'avaient-ils dit ensuite, je n'avais pas mes papiers. J'avais menti, dit que j'avais vingt ans et que mes parents habitaient en province.

Un médecin de l'hôpital, accompagné d'un psychothérapeute spécialisé dans le traitement des toxicomanes, avait tenté de m'expliquer la gravité de mon état en soulignant la chance que j'avais eue de ne pas mourir. Mais, avait-il poursuivi, il ne fallait pas que je compte sur cette chance car elle ne se présenterait plus. Ils m'avaient parlé de ma prise de sang dont l'analyse avait révélé d'importantes traces de médicaments, d'alcool et d'héroïne, et m'avaient vivement conseillé un centre de désintoxication de la banlieue parisienne qui avait eu de très bons résultats sur les personnes pluridépendantes. Le médecin avait une drôle de tête avec son œil un peu boursouflé et son crâne dégarni, à l'avant duquel seule une poignée de cheveux poussait. Le psy, lui, m'observait en silence avec un petit air de gourou en quête d'adeptes pour sa secte. Un courant d'air froid avait traversé mon corps, mais j'avais donné l'ordre à mes muscles de ne pas trembler, de peur que les médecins ne se jettent sur moi avec une camisole de force en me voyant faillir.

Il fallait que je récupère mon jean, avais-je pensé, ils n'avaient peut-être pas pensé à fouiller la petite poche de devant, juste au-dessus de la grande, où je gardais ma drogue. J'avais fait semblant de m'intéresser aux dépliants en papier glacé qui proposaient des séjours de thérapies de groupe, alors que la seule idée de devoir parler me donnait envie de vomir, chose étonnante si l'on pense que mon foie avait, jusqu'alors, supporté bien des mélanges toxiques prétendument mortels. J'étais sûr qu'une dose de dialogue trop forte administrée à quelqu'un de mon genre, habitué à vivre auprès de gens mutiques, pouvait être fatale, et je n'avais pas envie de mourir. J'avais toujours les poches pleines de billets et la chance de pouvoir me défoncer en toute tranquillité dans une magnifique demeure parmi les Picasso, les Cézanne et les Rembrandt, accrochés au-dessus de ma tête, sans personne pour m'importuner. Je n'allais sûrement pas tout quitter pour me retrouver en banlieue parisienne, dans un endroit sordide où des individus essaieraient de me picorer le cerveau.

Il fallait que je rejoigne mon chauffeur pour qu'il me ramène chez mon dealer. J'avais timidement demandé aux médecins où étaient mes vêtements, et ils m'avaient regardé avec sévérité, l'air de dire : « Arrête de nous prendre pour des cons. » J'avais alors compris que je ne quitterais cet endroit, qui commençait à exhaler une odeur infecte de plateaux-repas, que sans permission et en robe d'hôpital.

Je sortis de chez Angelina sans rien acheter. Plus rien, là-bas, ne me faisait envie. Heureusement, personne ne m'avait reconnu et je n'avais croisé personne. Savaient-ils qu'un de leurs plus grands clients était mort ? Je ne connaissais plus rien des habitudes de ma famille, peut-être que plus aucun ne venait ici et que Tristan n'aimait plus les monts-blancs.

En sortant, j'hésitai ; je pouvais traverser les Tuileries ou remonter la rue de Rivoli et ses arcades pleines de monde et de minuscules boutiques pour touristes. J'aurais pu me faire violence et vaincre ma claustrophobie pour aller admirer les joggeurs et les promeneurs dans les jardins ensoleillés ou me balader tranquillement en admirant les dalles précieuses de la rue de Rivoli, mais, en entendant des Américains parler près de moi et en me rendant compte que, malgré toutes mes années à étudier cette langue, je ne la comprenais plus, je décidai de quitter cette artère trop bruyante.

Je traversai les Tuileries avec émotion. J'ai toujours aimé ce jardin situé au cœur de Paris. Enfants, nous ne venions que très rarement car nous allions généralement au parc Monceau, mais, quand nous nous y rendions, c'était toujours très gai. J'aimais sa forme rectangulaire, contrairement aux autres espaces verts de Paris on n'avait pas l'impression, en y marchant, de tourner en rond dans un espace clos. Les gens le parcouraient de toutes parts, et leur marche reproduisait à mes yeux le mouvement lancinant de la vie.

J'avais dix ans, nous étions en été, Gabriel et moi avions eu pour Noël des bateaux télécommandés rouge et blanc dont nous ne nous étions encore jamais servis. A la maison, sur les conseils de mes parents, nous les avions rangés en attendant les beaux jours. Les premières chaleurs estivales étaient arrivées et, un dimanche où l'on s'ennuyait, Gabriel avait repensé aux bateaux. C'était ici, dans ces jardins, que nous avions alors passé un après-midi entier à les faire naviguer sur le bassin central, sous sa majestueuse fontaine. Très vite, je ne sais plus pourquoi, le mien avait cessé de fonctionner et mon frère, avec sa générosité habituelle, m'avait tendu sa télécommande et avait tenté pendant un long moment, accroupi dans la poussière, de réparer mon bateau. Ce jour-là, j'avais les yeux rivés sur mon nouveau jouet, j'étais heureux, je ne pensais à rien d'autre. C'est seulement maintenant, grâce à ce souvenir, que sa gentillesse me frappe. Il avait l'habitude de toujours faire passer les autres avant lui. A ses yeux, ça n'était pas gentil, ça n'était pas une question d'éducation, c'était seulement normal. Il ne prenait aucun plaisir à faire les choses s'il ne pouvait pas les partager. Je me demande qui avait bien pu lui apprendre à aimer ainsi.

Je continuai ma marche sans trop savoir où aller et, pour la première fois depuis longtemps, je souffris de ma solitude. J'essayai de ne pas me faire écraser en traversant la place de la Concorde pour rejoindre les quais d'où je pourrais aller regarder la Seine. Mais l'idée de ce vain pèlerinage dans Paris ne me plaisait pas, il fallait que j'aie un endroit précis où me rendre. Une envie étrange me travaillait ; je voulais trouver une chambre d'hôtel et une femme de passage. Je repensais à ma voisine, au café, à la forme de ses seins, dans sa robe bleue à fleurs, et je regrettais soudain de ne pas avoir pris la place vide laissée devant elle. Je ne pouvais plus, maintenant, retourner en arrière, c'était trop tard, et une femme qui pleure ne reste jamais seule longtemps. L'envie d'une femme ne me quittait plus et m'obsédait, il fallait à tout prix que je fasse l'amour. Les choses seront plus simples une fois le soir tombé, ai-je pensé, il suffira que j'aille dans un bar, j'y rencontrerai forcément quelqu'un pour passer quelques heures avec moi. Je partis toutefois à la recherche d'une chambre d'hôtel. Je fis, une fois encore, demi-tour, et retournai vers l'Opéra. Je m'arrêtai devant un hôtel deux étoiles. Le hall d'entrée était désert et très peu éclairé. Un lustre de mauvaise qualité dont la couleur rose fuchsia jurait avec la blancheur des murs y pendait, seul. Je me dirigeai vers le petit comptoir de réception. Un homme m'informa du prix, plus que raisonnable, d'une chambre, en me saluant à peine. Je montai au deuxième étage, glissai la carte dans la serrure électronique, et poussai la porte pour découvrir, avec surprise, une chambre simple bien moins glauque que ce que je m'étais imaginé. J'étais épuisé. Un vieux poste de télévision était à mes pieds, et il marchait. Je zappai sans vraiment regarder et décidai finalement de l'éteindre. Je me déshabillai pour prendre une douche chaude. La chaleur apaisa mon dos. Je m'étendis ensuite sur le lit. J'aimais l'idée d'être seul en plein milieu de l'après-midi dans cette chambre d'hôtel médiocre. Je soulageai mon érection et m'endormis assez rapidement.

Mon père est habillé en femme. Assis sur un fauteuil en face de mon lit, il me regarde dormir. Gabriel est dans la salle de bains en train de se maquiller, il applique sur sa bouche un rouge à lèvres noir, et courbe ses longs cils avec du mascara. Il s'assied sur le bord de la baignoire pour enfiler ses collants en résille, mais ses jambes se mettent à pousser comme la plante du conte *Jack et le haricot magique*; elles poussent, poussent encore et deviennent soudain des racines menaçantes qui lui enserrent le cou et l'étranglent. Il suffoque sans réagir. Mon père, une hache à la main, se lève pour la brandir vers moi au lieu de se diriger vers Gabriel pour lui sauver la vie, il me tranche la gorge d'un coup sec, mais je suis encore vivant, j'entends un bruit sourd, je vois tomber le corps de Gabriel sur le carrelage froid de la salle de bains. Lui est mort, j'ai la gorge tranchée mais je ne saigne pas. Mon père a disparu. Je suis condamné à ne pas mourir.

Je me réveille en sursaut, le lit est trempé, sali par la peur et le dégoût de mes rêves incestueux. C'est le jeu des sept familles, je ne sais plus qui est qui, le père, le frère ou la mère. Elle était absente de mon rêve, mais je suis sûr qu'elle n'était pas loin. Je touche l'humidité des draps du bout de mes doigts, craignant que ça ne soit du sperme et que mon sexe ait entièrement libéré la réserve de liquide blanchâtre que j'accumule depuis une quinzaine d'années. Depuis mon départ en Inde, chaque fois que j'ai fait l'amour, je n'ai pu éjaculer que quelques gouttes d'un fluide transparent semblable à une épaisse salive. Je ne reconnais pas l'odeur particulière du sexe, c'est peut-être de la sueur, ou des larmes, ou mon sperme froid et vidé de désir. Je me sens sale, je voudrais me laver, mais je n'ose plus retourner dans la salle de bains. Les parois de la chambre sont minces, j'entends la télévision et des gens rire dans la chambre d'à côté. Les rires résonnent en moi comme un début de migraine qui bat mes tempes. Je voudrais taper sur le mur de toutes mes forces pour qu'ils baissent le son, qu'ils arrêtent de vivre si près de moi, qu'on ne me fasse plus croire que la vie est facile. Je pourrais le transpercer, ce mur, de mes poings, et sans me faire mal, je suis un homme qui ne saigne pas, mais je pense au sourire de Mahault, la ravissante petite fille brune que j'ai rencontrée dans la cour de mon immeuble, aux coups de canne que mon père ne donnera plus au-dessus de sa tête, et je ne fais rien. Je laisse ces voisins violer mon intimité de leurs rires perçants.

Je crois que mon frère est mort parce qu'il n'a pas supporté mon regard, ce regard épouvanté, le dernier. Il pouvait encaisser celui du frère qui l'avait abandonné pour quelques grammes d'héroïne quotidienne, de l'imbécile qui cherchait la morale là où il n'y en avait pas, celui du garçon qui se croyait tellement au-dessus de sa famille qu'il s'imaginait ne pas lui appartenir, et qui pensait qu'il suffirait de parler pour que tout s'arrange, celui du faible qui disait combattre son père mais qui, chaque semaine, comme une petite pute, courbait l'échine pour encaisser son fric, mais pas celui du petit frère que j'ai porté sur lui cette dernière fois, voilà ce qu'il n'a pas supporté. Ce jour-là, tout était clair, je n'avais pas encore perdu la tête. J'ai poussé la porte, je les ai vus, rien n'entravait mon champ de vision, je n'étais pas défoncé, ayant certainement entamé à l'époque une énième cure de sevrage à la sauvage. Si j'avais été sous acide, j'aurais pu penser assister à une scène de magie noire, comme dans un film de Polanski, j'aurais pu penser voir des masques et non leurs vrais visages, comme dans un film de Kubrick, tout aurait été plus confus, et je n'aurais pas été hanté par les images bien réelles que je garde depuis en moi. Une chose était sûre, ce jour-là; le diable était rentré chez nous et le mal n'avait plus de frontières.

Je n'étais pas revenu à la maison pendant deux jours, espérant le faire souffrir de mon silence. Je ne me remettrai jamais de l'avoir abandonné. C'était cruel. Gabriel, lui, aurait réagi différemment, il aurait pensé à mon désespoir. Pendant longtemps, au milieu de mes nuits tourmentées, je me suis mis à genoux pour implorer son pardon. Dans mes rêves, je revenais sur mes pas pour le prendre dans mes bras et lui dire de ne pas s'inquiéter, je lui assurais mon amour démesuré, inconditionnel, je lui jurais d'être toujours là, lui disais combien, sans lui, j'étais condamné à rester à la porte de ma vie, impuissant.

Comment mon frère s'était-il jeté sur les rails ? S'était-il lancé en avant ? De côté ? Attendait-il de dos, les bras en croix ? Etait-il allongé ? Ou avait-il regardé le chauffeur droit dans les yeux ? Je n'ai jamais essayé de chercher l'adresse du conducteur qui a « tapé » mon frère, comme ils disent, dans leur jargon, bien qu'il fût le dernier à l'avoir vu vivant. Il aurait pu me dire, lui, comment mon frère était mort, il devait s'en souvenir. Mais j'ai toujours pensé qu'il s'était lancé en arrière, de dos. Gabriel était trop fragile pour voir les choses en face, même devant la mort il avait dû vouloir conserver l'espoir fou de la vie.

J'étais arrivé en France quelques heures plus tôt et je ne pensais déjà plus qu'à ça. C'était comme si ma mémoire n'avait été, depuis mon départ, qu'une bombe à retardement, et qu'elle m'explosait maintenant en pleine tête. J'étais revenu chercher les réponses aux questions qu'à l'époque je ne m'étais pas posées, parce que, étrangement, la douleur s'était logée dans mon corps sans vraiment atteindre mon esprit, et que les deux avaient depuis cohabité sans plus communiquer.

J'avais aussi gardé des souvenirs merveilleux de mon enfance. Je me souvenais de la naissance de Julien ; ma mère était rentrée de l'hôpital avec ce tout petit frère enveloppé dans sa couverture bleue, et Gabriel et moi avions toute la nuit cherché une place pour lui dans nos rêves d'aventures. J'avais été heureux d'être à mon tour grand frère. Je m'approchais souvent de son berceau sur la pointe des pieds pour le regarder dormir et m'imprégner de son insouciance, comme si sa naissance m'avait en partie déchargé des interrogations constantes que j'avais sur le sens de la vie. Je me rappelais les odeurs qui s'échappaient de la cuisine et qui m'attiraient, gourmand : celle du chocolat fondu, de la tarte aux pommes cuite au four ou de l'ail qui sautait dans les casseroles. Je ne gardais alors de la vie qu'une impression intense de bonheur. Mais les souvenirs heureux n'ont pas été gravés assez profondément en moi pour qu'un équilibre s'établisse et, en me promenant plus tôt dans les jardins ensoleillés où nous avions ri, enfants, les images sordides de ce qui se passait chez moi par ailleurs ont pris le pas sur les autres, comme la toile d'un peintre trahira toujours son état d'âme et donnera à sa peinture son ton. On ne peut pas contrôler ce qui nous échappe.

J'étais triste. J'aurais tellement voulu être heureux, et que tu sois vivant. Je ne sais plus si je l'ai vraiment été un jour, ma mémoire est floue, mais je sais que, cette journée macabre, tu as emporté avec toi, sur les rails, dans cette bouche de tunnel terrifiante, toutes mes possibilités de bonheur. Pour cette vie-là, mon sort est scellé, c'est fini. J'aurais dû mourir à douze ans. L'enfance est une étape étrange de notre évolution, nous y sommes semblables à de petites machines à produire du bonheur. C'est le moment de notre vie où nous sommes à la fois les plus cruels et les plus lucides, et où, face aux malheurs, nous parvenons à ne pas nous décourager, comme si nous mesurions la gravité de la vie sans en comprendre la densité.

J'avais dix ans. Nous avions été invités mon frère et moi à dormir chez des amis, deux frères qui avaient la même différence d'âge que nous, et que nous avions choisis pour meilleurs amis, chacun de notre côté, sans savoir qu'ils étaient frères. Nos parents, sous plusieurs conditions, nous avaient donné la permission de dormir ailleurs, chose rare car mon père craignait les enlèvements et ma mère les accidents.

Après maintes négociations, ma mère avait fini par accepter, à contrecœur, moins par gentillesse que par politesse, n'osant pas dire non aux parents de nos amis qui avaient appelé en insistant chaleureusement. Nous étions partis tous les quatre de l'école en bus, notre chauffeur nous suivant derrière. Nous étions gais, goûtant pour la première fois aux joies de l'autobus, avec l'impression de vivre une aventure. Arrivés chez eux, au dernier étage de l'immeuble, nous avions découvert un appartement aux murs jaunes et aux plafonds assez bas dont la taille n'excédait pas celle de notre salle à manger. Nous les avions suivis dans la cuisine où leur mère était en train de nous préparer des crêpes pour le goûter. Personne ne leur avait ouvert la porte, ils avaient leur clé à eux. Nous étions sidérés par tant d'indépendance. Leur mère nous avait embrassés chaleureusement et avait pris ses fils dans ses bras. Ils l'avaient gentiment repoussée, pour jouer aux grands, et elle nous avait installés sur des tabourets devant la toute petite table en Formica blanc où trônait un gros pot de Nutella. Ils avaient raconté leur journée d'école, elle connaissait les prénoms de leurs camarades et les surnoms que nous donnions aux professeurs. Dans cette cuisine minuscule qui sentait la vanille, nous avions mis les pieds dans le bonheur ; c'était certainement cela que l'on appelait la chaleur familiale, deux mots qui jusqu'alors pour moi ne pouvaient pas aller ensemble. Gabriel et moi étions restés plantés là, à ne pas savoir vraiment quoi faire. Cet endroit nous était aussi exotique que ces restaurants traditionnels japonais où l'on doit retirer ses chaussures à l'entrée et manger agenouillé par terre, servi par des femmes en kimono aux chignons plantés de baguettes.

« Vous n'avez pas faim ? », avait demandé leur mère. Gabriel avait commencé le premier, je m'étais serré à côté de lui et je l'avais regardé tartiner sa crêpe de Nutella, comme s'il avait fait ça tous les jours, avec sa mimique à la Chaplin que seul je pouvais comprendre. J'avais fait de même, dépliant ma crêpe en copiant tous ses gestes, et lui avais demandé le plus normalement possible de me passer la confiture. Quand nos regards s'étaient croisés, nous avions eu un fou rire mémorable, qui avait entraîné le rire de tous. Nous étions les rois du monde, des chercheurs d'or tombant sur leur première pépite.

Les Moustier étaient notre famille idéale, celle que nous singions dans nos jeux imaginaires, celle grâce à laquelle, aussi, j'avais compris à quel point nous étions seuls. Le manque n'était plus seulement une impression, c'était une certitude. J'avais découvert un autre visage à l'amour et j'avais été délivré en voyant que mes fantasmes familiaux pouvaient exister, et qu'ils ne tenaient pas seulement à mon caractère difficile, comme je me l'étais toujours entendu dire.

A la fin de l'année scolaire, les Moustier déménagèrent en Bretagne. Nous étions malheureux. Avant de partir, ils nous avaient invités à dîner avec nos parents, mais nous y étions allés seuls. Ils nous avaient préparé des lasagnes maison, le plat préféré de mon frère, et une tarte au citron meringuée. J'avais surpris Gabriel en train d'essuyer ses larmes quand Mme Moustier l'avait pris dans ses bras pour le serrer contre sa poitrine généreuse. Il était bien dans ses bras. Elle n'était pas aussi belle que ma mère, mais elle était jolie avec sa robe émeraude aux imprimés de fleurs blanches qui mettait ses yeux verts en valeur et ses cheveux ramassés dans un chignon négligé parsemé de mèches auburn. Je me souviens qu'elle sentait un parfum fleuri, qui avait un goût de printemps. Je les avais regardés attentivement et j'avais pensé qu'il fallait toujours prendre le bonheur qui se présente à nous à pleines mains, parce qu'on ne sait jamais quand il va revenir. Elle lui allait bien, cette maman qui le consolait en l'embrassant comme du bon pain, ils avaient une douceur commune. Gabriel avait une manière de se laisser aller dans la tendresse qui transpirait l'espoir qu'il gardait d'être aimé. Nous nous étions promis de nous revoir, avions échangé ensuite quelques cartes de bord de mer, mais nous ne les avons jamais revus. Je ne crois pas qu'ils aient reçu le faire-part de décès quand Gabriel nous a quittés.

Je n'avais plus du tout envie de baiser, mais je ne pouvais pas rester enfermé tout seul à n'attendre personne dans cette chambre d'hôtel. J'aurais pu aller frapper chez mes voisins pour participer à leurs échanges, ou appeler la réception, inventer un problème et engager une conversation anodine, mais, d'après ce que j'avais vu, personne d'autre que l'homme un peu morose de la réception n'était présent dans cet hôtel. Il fallait que je sorte si je voulais trouver quelqu'un à qui parler.

Dans la rue, la lumière avait baissé. Il était dix-sept heures. J'avais posé la question à une femme seule qui marchait tranquillement mais qui s'était empressée de continuer sa route après m'avoir répondu un peu sèchement, comme si je lui avais fait peur. J'avais pourtant une coupe impeccable et des vêtements peu froissés. Peut-être avait-elle vu dans mon regard hagard que j'aurais pu avoir envie de lui demander plus que l'heure, que j'aurais pu lui proposer d'aller boire un café avec moi en lui confiant combien j'étais perdu ici où je ne connaissais personne.

Je cherchais une distraction avec avidité. Je ne voulais pas me rappeler tout, certains souvenirs n'ont pas le mérite d'exister, je souhaitais profiter de cette nouvelle vie qui commençait pour les ensevelir définitivement.

J'aurais aimé m'amuser, après tout, c'était un peu un jour de fête, de délivrance, j'avais si souvent souhaité qu'il disparaisse. Monsieur était mort. Tous les vœux que j'avais faits, pour une coccinelle, un cil sur une joue, des bougies d'anniversaire soufflées, une étoile filante dans le ciel, souhaitaient la même chose. Père disparu en pleine mer, cadavre introuvable. Un avion Air France écrasé entre Paris et New York, aucun survivant. Un tremblement de terre, un tsunami, un naufrage, un orage meurtrier, n'importe quoi, mais une mort qui l'aurait emporté proprement, sans qu'on retrouve jamais son corps. Evaporé. La mort parfaite, peut-être parce que, dans la contradiction de mes désirs, elle aurait laissé un doute, une possibilité qu'il puisse ne pas disparaître complètement. Je ne sais pas pourquoi, je ne le haïssais pas, je voulais seulement qu'il s'évapore. Sa présence avait toujours été un poids lourd qui pesait sur notre famille. Je l'avais rendu responsable de tout, et surtout de mon bonheur perdu. Il faisait disparaître la lumière des personnes qui l'aimaient. Ma mère et Gabriel avaient été ses principales victimes. Je le voyais comme un comte Dracula, avec ses mains pleines de bagues massives qu'il tenait de son père et de son grand-père. Je n'avais jamais aimé être son fils. Un jour, alors que nous étions partis nous promener sur la plage de Deauville, il avait insisté pour accompagner ma nurse, je devais avoir sept ans. J'avais couru devant eux pendant longtemps sans m'arrêter. Mon cœur d'enfant battait si vite que j'avais l'impression qu'il allait exploser, et je l'entendais crier mon nom derrière moi : « Vincent !

Attends-moi ! » Mais je ne pouvais pas l'attendre. J'avais honte de lui. Je ne voulais pas qu'il soit mon père, sans raison précise à l'époque, déjà tout mon être le repoussait. Il y avait quelque chose en lui de macabre, qui couvait la mort. En courant loin de lui sur ce sable de Normandie, je m'étais senti à l'abri et j'avais cru pouvoir ne pas lui appartenir.

Je m'arrêtai devant le kiosque à journaux pour lire l'un des titres à la une du *Parisien* : « Le cadavre du fils portait les habits de sa mère morte. » Je n'étais visiblement pas le seul à avoir grandi dans une famille tordue.

J'achetai le journal et m'éloignai pour m'installer sur un banc et lire tranquillement le drame de la vie des autres. On avait découvert un corps quasiment momifié dans un appartement du cinquième arrondissement de Paris : il était vêtu de vêtements féminins, appartenant à une femme probablement septuagénaire. La police avait immédiatement pensé que le corps devait être l'occupante des lieux, et avait contacté la propriétaire qui leur avait répondu que cela était impossible car elle avait elle-même assisté à ses obsèques six mois plus tôt. Coup de théâtre, le cadavre n'était pas celui de la vieille locataire mais celui de son fils qui portait, depuis sa mort, les habits de sa mère. Un homme d'une quarantaine d'années s'était ainsi laissé mourir dans cette tenue, après le décès de sa mère, n'ayant pas supporté sa disparition. L'amour est-il responsable de la démence ? Avait-il été trop aimé, mal aimé ou peut-être rejeté ? Avait-il lui-même trop aimé sa mère ? L'avait-il regardée, épiée dans son intimité, admirée à outrance, peut-être même désirée dans le plus grand secret ? L'avait-elle induit en erreur, en silence, en l'aimant trop ou pas assez, en le regardant de haut ou de trop près ? A quel âge avait-il pris connaissance de la solitude de ses désirs et de l'impossibilité de les assouvir ? Ma tête s'échauffait.

Chez nous, tout avait basculé après que je fus parti. La folie avait pris le dessus sur la comédie de la représentation. Ce ne fut pas vraiment mon départ qui fit tomber les masques, mais la mort barbare de l'aîné, le seul qui croyait éperdument à l'amour. Mon autre frère, Tristan, n'avait pas attendu que sa mère soit morte pour lui emprunter ses robes, le problème n'étant pas qu'il porte des habits de femme, mais qu'il porte ceux de sa mère et qu'elle s'en réjouisse. Julien, que je n'ai pas non plus connu adulte, s'était marié à dix-huit ans avec une femme du double de son âge. Cette dernière s'était permise de gifler ma mère, suffisamment fort pour qu'elle en tombe, un soir de Noël, parce qu'elle n'avait pas voulu leur donner d'argent. Mon père dormait déjà depuis deux heures, comme tous les soirs de réveillon, et il n'avait pas assisté à la scène. L'héritage de Monsieur ayant tardé à venir, la belle marâtre avait quitté Julien et l'avait laissé sombrer dans la drogue. Il avait suivi un chemin de camé moins violent que le mien, abusant surtout de substances légales, ce qui rassurait beaucoup ma mère puisque cela lui permettait de ne pas en parler et que, à ses yeux, il était toujours mieux vu de s'adresser à une pharmacienne plutôt qu'à un dealer. Gabriel, lui, était déjà parti ; il avait quitté les fous de l'asile privé du dix-septième arrondissement pour se jeter sur les rails d'un transport public. Il ne restait donc aujourd'hui plus que moi. J'avais sorti la tête de mon trou en m'accrochant aux paroles de ma mère, à son silence, différent de tout ce que je connaissais jusqu'alors. Ma mère souffrait, elle pouvait donc aimer. Mon père était mort et le ciel s'était ouvert au-dessus de ma tête. Aurais-je accepté de retenter la vie si l'on m'y avait promis un père normal et une mère prête à souffrir d'amour ? Probablement.

— Je peux m'asseoir ?

Je levai les yeux. Une femme très élégante, elle devait avoir soixante-dix ans, à la voix sensuellement éraillée, me regardait. Elle reposa sa question :

— Je peux m'asseoir ? Je ne vous dérange pas ?

Je me décalai pour lui faire une place.

— Il n'y a normalement jamais personne sur ce banc à cette heure-ci. C'est un peu le mien, me dit-elle avec malice.

Je lui souris.

— Je vous dérange ? continua-t-elle.

— Pas du tout. C'est un banc public.

Je replongeai dans mon journal mais, voyant qu'elle n'avait pas de livre et qu'elle restait à côté de moi sans rien faire, je décidai de le fermer.

— Vous pouvez continuer à lire. Ça ne me gêne pas.

— J'avais fini. Vous le voulez ?

— Non merci. Il y a bien longtemps que j'ai arrêté de lire les journaux. Je préfère la radio. On entend des voix, c'est sympathique. Elles sont souvent très agréables, pleines de passion, surtout dans les émissions culturelles. J'adore écouter les gens qui ne sont pas d'accord, même s'ils disent généralement tous la même chose.

— Vous pensez ?

— Les mots et les peurs transforment tout, mais, au fond, en quoi sommes-nous différents ?

Je haussai les épaules sans répondre.

— C'est la première fois que vous venez sur ce banc ?

— Oui.

— Vous allez voir, vous l'avez bien choisi. Il est particulier. Je me suis assise ici il y a cinq ans, et depuis je viens tous les jours à la même heure.

— Comme ça ? Juste pour vous asseoir ?

— Ça vous paraît fou ?

— Oh, vous savez, il y a bien longtemps que les choses ne me paraissent plus rien.

— Ne dites pas ça. De surcroît, je ne vous crois pas, me dit-elle gentiment.

Une bienveillance naturelle à vous percer le cœur se dégageait d'elle.

— Vous êtes bien jeune pour dire une chose pareille. C'est important le paraître, surtout quand on est jeune, ça nous protège de beaucoup de choses.

— Vous pensez ?

— C'est vital.

C'était une femme âgée d'une beauté saisissante. Elle était grande et ressemblait à une ballerine avec son long cou à peine ridé, son dos droit, ses cheveux blancs ramenés dans un chignon et ses yeux noisette pleins d'éclat. Sa bouche dessinée était à peine maquillée et ses cils étaient encore fournis. Quand elle parlait, on entendait l'écho de l'enfance dans ses paroles, sa fraîcheur et son fol espoir. Je m'étonnais de la facilité avec laquelle cette inconnue et moi nous étions mis à nous parler, et l'idée qu'elle n'était peut-être pas réelle me traversa soudain. Etais-je le seul à la voir ? Aurais-je dû me pincer ? Je n'en fis rien. Je ne voulais pas qu'elle me prenne pour un fou et qu'elle me laisse seul de nouveau. Elle semblait lire dans mes pensées.

— Vous attendiez quelqu'un ? reprit-elle.

— Non.

— Vous ne travaillez pas aujourd'hui ?

— Non.

— Excusez-moi. Je suis trop indiscrète.

Elle avait une voix juvénile, un visage qui disait ses années mais qui restait très lisse. En la voyant j'avais pensé, sans savoir pourquoi, qu'elle devait avoir soixante-dix ans, mais il était en fait impossible de lui donner un âge. J'étais conscient de mon impolitesse, mais j'osai la question :

— Pardonnez-moi, mais quel âge avez-vous ?

— J'ai eu quatre-vingts ans récemment, répondit-elle en souriant.

— Excusez-moi. Je n'aurais pas dû vous demander.

— Oh non, c'est sympathique. Quand on passe un certain âge, on nous pose rarement la question.

C'était la deuxième fois qu'elle employait le mot *sympathique*. Je ne l'utilisais moi-même jamais. Sympathie : penchant instinctif qui porte deux personnes l'une vers l'autre. Cet instinct aurait pu me sauver la vie.

J'aimais la façon dont elle disait ce mot et j'avais envie de lui dire que je la trouvais moi aussi sympathique pour avoir le plaisir de répéter son terme et de faire claquer ces trois syllabes. En quelques minutes, en partageant avec moi sa joie sans réserve, il semblait qu'elle m'avait donné plus de sympathie que celle que j'avais reçue jusqu'alors. Je ne savais pas comment, mais je comptais bien le lui dire. Je refusais mon silence face à cette femme, je ne devais pas la laisser partir comme ces trains que j'avais tant de fois laissés filer sans y monter. Je sentais qu'elle me serait essentielle, qu'elle détenait une pierre importante de l'édifice de ma vie.

— Vous êtes très belle, lui murmurai-je avec l'audace des gens timides qui soudain s'emportent.

— Plus vraiment, me démentit-elle en rougissant légèrement. Mais je n'ai pas à me plaindre, j'ai été gâtée. J'avais des jambes, des jambes spectaculaires ! ajouta-t-elle en riant. Si vous saviez le nombre d'amants qui s'en sont fait des colliers !

Elle rit de plus belle. Je ris avec elle et chassai mes sanglots. Je n'avais pas ri avec quelqu'un depuis longtemps. Sa joie résonnait en moi comme de délicieuses notes de musique. Son bonheur devenait le mien en toute légèreté, et je partageais avec cette étrangère si familière une chaleureuse intimité.

— Ça facilite la vie, des jambes comme ça dans un monde d'hommes, relança-t-elle, pour justifier sa coquetterie.

Ce qui me frappait le plus chez cette femme, à chacune de ses répliques, c'était de voir combien elle semblait heureuse. Il suffisait d'un rien pour la faire rire et qu'elle saute sur le bonheur. Elle était très bavarde, et elle me raconta rapidement sa vie, mêlant le présent au passé avec un tel naturel que je n'arrivais pas très bien à voir qui, de ses proches, était vivant ou mort, mais sa voix était si agréable que je l'écoutais avec plaisir sans chercher à comprendre.

Après la charmante petite fille aux boucles brunes, c'était la deuxième personne qui faisait attention à moi depuis mon arrivée. Aux yeux des autres, j'avais l'impression d'être invisible.

Elle n'habitait pas loin, et me proposa d'aller boire un thé chez elle, je la suivis sans hésiter. Nous marchions tous les deux, côte à côte, en silence, quelque peu intimidés, comme si nous avancions vers une plus grande intimité. Mon audace s'était envolée et je n'osais plus la regarder ou lui parler. Parvenus devant son immeuble, nous montâmes ses quatre étages à pied, dans un escalier ancien aux murs gris légèrement décrépis, dont les marches étaient recouvertes d'un tapis vert et rouge maintenu par des barres cuivrées dont certaines avaient perdu un embout. En la voyant monter devant moi avec ses jambes fuselées et ses fines chevilles, je repensai aux amants qu'elle disait avoir eus ; eux avaient pu profiter de sa jeunesse et de la beauté de ses jambes spectaculaires. Je comptais bien lui demander, une fois arrivé, si elle avait été danseuse dans le passé. Peut-être avait-elle-même interprété *Le Lac des cygnes* ? Peut-être, alors, que j'aurais pu lui confier, à elle uniquement, le rêve secret que j'avais longtemps caressé de devenir danseur étoile. Elle aurait sûrement ri en constatant ma taille, trop grande pour prétendre à la légèreté des danseurs classiques, mais je ne me serais pas vexé, au contraire, j'aurais continué à lui parler, seulement pour avoir le plaisir de l'entendre rire de nouveau. Au quatrième, elle s'arrêta devant une porte laquée de couleur bordeaux où des étoiles dorées étaient peintes et chercha ses clés dans son grand sac à main. Le temps, suspendu, qu'elle mit à les trouver me parut éternel. Après tout, j'étais devant la porte d'une inconnue qui avait le double de mon âge et que je connaissais à peine. Je pensais à ma mère ; elle avait dû beaucoup changer en quinze ans. J'essayais de l'imaginer sans son masque de beauté parfaite et je me demandais quelles traces les épreuves de la vie avait laissées sur son visage ; une grande dureté ou une certaine douceur ? Pour la première fois, j'éprouvais l'envie de la voir, comme si une voix lointaine me rappelait vers les lieux auxquels j'appartenais. Il était donc impossible d'être libre dans la vie, puisqu'elle se garde le droit de décider du jour de notre mort et des envies qui nous prennent. Nous sommes toujours soumis à l'amour et à la mort.

Le son des clés retrouvées me parvint. Elle ouvrit la porte d'un tour, n'ayant probablement pas pris la peine de fermer toutes les serrures, et je me dis qu'elle devait faire partie de ces gens qui n'ont pas peur d'être volés. Nous pénétrâmes dans une agréable odeur de rose.

Elle habitait un grand trois pièces, très clair, aux plafonds bleus et aux murs blancs sur lesquels aucun tableau ni aucune photo n'était accroché. Nul bibelot n'encombrait l'espace et tous les meubles paraissaient anciens, excepté celui en verre sur lequel était posée la télévision. L'endroit était si vide qu'il en devenait intimidant. La fenêtre était restée ouverte, il faisait un peu frais, mais ça n'était pas désagréable. Elle posa son sac par terre et se dirigea vers la cuisine pour me préparer un thé. Je ne la suivis pas, je restai là, debout, sans bouger, à chercher ce que j'allais pouvoir dire pour rompre ce silence et meubler cet espace dénudé. Je lui parlai de loin, assez fort pour qu'elle m'entende. J'avais l'impression de percevoir un écho, comme si ma voix avait été la seule chose qui habitait la pièce. Sur le balcon, un gros pigeon venait de se poser et regardait tranquillement à l'intérieur comme s'il attendait quelque chose. J'étais content de ne plus être seul. Ma maison en Inde me manqua soudain et je repensai aux fenêtres que j'avais peut-être laissées ouvertes.

— Vous habitez ici depuis longtemps ? m'enquis-je sur un ton mal assuré.

Quelque chose sonnait faux dans ma question, bien que sa réponse m'intéressât vraiment. Peut-être était-ce à cause de ce pigeon qui me scrutait et semblait me demander ce que je faisais là, à boire du thé avec une inconnue, alors que mon père venait de mourir.

— Je ne sais plus, me répondit-elle en revenant dans la pièce avec un plateau.

L'oiseau s'envola.

— Le temps passe si vite, continua-t-elle en me servant une tasse de thé et en m'invitant à m'asseoir sur le grand canapé gris aux coussins brodés.

Il était si profond que je dus faire un effort pour ne pas m'y enfoncer.

— A vous écouter, j'ai cru comprendre que vous aviez une famille, lui dis-je.

— J'en ai une.

— Et vous n'avez pas de photos d'elle ?

— Très peu.

— Vos proches habitent Paris ?

— Oui. J'ai une sœur plus âgée, je la vois de temps en temps, elle vit plus haut dans la même rue, mais elle est tellement austère, elle a toujours quelque chose qui ne va pas.

— La rue ? relevai-je avec humour.

— Non, ma sœur, voyons ! me répondit-elle avec malice. Nous avons déjeuné toutes les deux pour mon anniversaire, et j'ai tout de suite eu le moral à zéro, vous ne pouvez pas savoir, elle donnerait le bourdon au Père Noël ! En même temps, quelle mauvaise idée j'ai eue de vouloir passer mon anniversaire avec elle, moi qui adore les fêtes. C'était perdu d'avance. Elle est triste, si vous saviez à quel point... J'ai toujours l'impression qu'elle traîne sa vie comme un fardeau. Rien ne la réjouit, elle ne met aucun enthousiasme, aucun effort, dans rien, tout chez elle est paresseux, et elle a toujours ce fameux « c'était mieux avant » à la bouche. Je me demande vraiment de quel *avant* elle parle, et à quel moment ça a vraiment été *mieux* pour elle. Mais, vous savez, les gens s'arrangent comme ils veulent avec leurs souvenirs. Ce n'est pas facile pour moi de l'aimer. J'essaie, mais elle n'est pas sympathique.

Je souris, soulagé de voir que notre complicité était encore là. J'aimais l'entendre parler, pour elle il était clair qu'il suffisait d'en avoir envie pour être heureux. L'effort ne paraissait pas insurmontable. A l'écouter, on avait l'impression qu'il s'agissait d'une gymnastique physique. Au début, on court cinq minutes, puis tous les jours un peu plus, jusqu'à ce que le cœur s'habitue. C'était peut-être ça, l'erreur des gens malheureux, ils ne prennent pas le bonheur là où il est.

— Nous sommes très différentes, moi j'ai toujours été quelqu'un de joyeux.

Je l'écoutais en l'étudiant attentivement; elle fumait de longues cigarettes fines avec une telle élégance qu'elle me donnait envie de fumer. J'étais fasciné par la facilité avec laquelle elle parlait de sa vie, sans pudeur mais avec un naturel déconcertant. Je n'avais jamais rencontré quelqu'un comme elle. Elle semblait libre, détachée de cette attente infernale, étrangère à ce manque que tant d'autres connaissent. On attend la chaleur quand vient le froid, puis la fraîcheur quand vient le chaud, le soir quand vient le jour, le matin à la sortie de la nuit, l'amour quand on est seul, et l'être aimé en son absence.

— Enfants, me raconta-t-elle, notre appartement n'avait qu'une pièce et nous y vivions tous ensemble, les uns sur les autres. Son unique fenêtre était minuscule. Quand j'ai quitté ce trou, j'ai voulu profiter de tout, mais ma sœur, elle, est restée morose. Déjà, chez nous, elle ne voyait que les murs tandis que, moi, je fixais le petit bout de ciel qu'on apercevait par la fenêtre. Quand le ciel était triste, il était souvent gris, je me disais qu'il serait peut-être plus bleu le lendemain ou orangé plus tard. Cet espoir me suffisait pour m'endormir le sourire aux lèvres. Ma sœur Catherine ressasse sans arrêt tout ce qui lui arrive de désagréable, et ça n'a rien à voir avec la vieillesse, elle a toujours été comme ça, elle ne s'est jamais laissée aller et a toujours tout contrôlé. Elle n'a jamais eu d'enfants, s'est un peu rapproché des miens, mais c'est un rôle ingrat, et elle n'en a pas assez profité. Maintenant, elle se plaint que ma fille ne vienne jamais la voir. Elle a été la maîtresse d'un homme marié pendant quinze ans et, lorsqu'elle l'a récupéré, il était veuf et en chaise roulante. Elle voulait être comédienne, mais elle n'a jamais essayé et elle a fini par travailler au secrétariat du conservatoire d'art dramatique. Elle fait partie de ces personnes qui ne montent jamais à bord de leur existence.

— C'est triste, lui dis-je.

— Ça aurait pu être autrement. La vie lui a tendu tellement de choses, d'occasions... Je pense qu'elle y trouve son compte. Le bonheur n'est pas bon pour tous, et tout le monde n'est pas à sa recherche. Je vous dis ça maintenant, mais je viens tout juste de le comprendre.

Je pensais autrefois que tout le monde cherchait à être heureux, mais j'ai rencontré des gens qui avaient tout pour l'être et qui ne l'étaient pas, et d'autres qui n'avaient rien mais qui y parvenaient quand même. Le bonheur est une notion abstraite qui dépend très peu des autres, c'est un plaisir égoïste, difficile à partager, mais, quand on aime, c'est la première chose qu'on voudrait offrir.

Les choses paraissaient claires dans sa bouche. Je sentais qu'il était là, quelque part en moi, ce bonheur. Je l'avais souvent rencontré. Je pensais à l'odeur du jasmin et de l'herbe mouillée par la pluie, au son des flammes dans la cheminée, au bruit des feuilles soufflées par le vent, à la chaleur du soleil sur ma peau, à ma maison de couleur et à ses grandes fenêtres ouvertes sur le monde, à la grâce de Sylvie Guillem dansant *Le Lac des cygnes*, ou Nicolas Le Riche le *Boléro*, au sourire de ma mère et à la douceur de ses mains qui me frôlaient parfois par hasard quand elle relevait le col de mon manteau pour que je n'attrape pas froid, à la tendresse des bras protecteurs de Gabriel et au goût d'une tarte aux fraises partagée avec mon père.

— Vos enfants aussi habitent Paris ? continuai-je.

Elle ne me répondit pas tout de suite.

— Excusez-moi, j'avais cru comprendre que vous aviez des enfants.

— J'avais un fils magnifique, qui est mort en mer... Il me reste une fille avec laquelle je suis fâchée, ou, plutôt, qui s'est fâchée toute seule.

— Je suis désolé.

— Pour mon fils, oui. Pour ma fille... Je ne sais pas.

— Cela fait longtemps qu'elle est fâchée ?

— Je ne sais plus, c'est arrivé progressivement. Elle n'a pas supporté que je vende notre appartement après la mort de son père et que je me débarrasse de tout. Ma sœur l'a soutenue dans son entêtement, m'accusant d'être un monstre de froideur. Si vous aviez vu ça, on aurait dit deux folles, elles me parlaient d'objets que j'avais bazardés comme si leurs vies en dépendaient ! Pourtant, ma sœur et moi sommes nées dans les années trente, je vous laisse imaginer le nombre de personnes que nous avons enterrées et comme je me moque des objets !

Un long silence s'installa. Je n'osais rien dire. Un voile de tristesse couvrit ses yeux pétillants, puis elle reprit :

— Mon fils... Je ne lui ai pas dit au revoir. La dernière fois que je l'ai vu, je lui ai seulement fait un signe par la fenêtre parce qu'il était pressé et que je n'aime pas les cérémonies d'adieux. Quelle erreur ! Il faut toujours prendre le temps de serrer les gens qu'on aime dans nos bras lorsqu'ils s'en vont. Les sentir pour ne jamais oublier leur odeur, surtout celle de la dernière fois.

J'imaginais son fils perdu en mer et je pensais à Gabriel, disparu sous un wagon. J'aurais voulu pouvoir remonter le temps pour le voir une dernière fois et le serrer, moi aussi, dans mes bras.

Elle ajouta :

— Ce que je ne comprends pas, c'est que ma fille ne venait jamais chez nous, une fois par an à tout casser ! Elle a déménagé tôt en province mais, quand elle venait, il fallait que tout soit à sa place comme avant. A la fin, elle ne parlait plus que des affaires de son frère et de son père, j'avais du mal à comprendre, vous savez, je n'ai jamais été très matérialiste et je ne peux pas vivre dans le passé...

Elle tira longuement sur sa cigarette. Elle avait la peau translucide et ses yeux étaient si clairs que je dus me demander de nouveau si elle était bien réelle.

— J'ai certainement manqué de tact, mais vous savez les enfants, quoi qu'on fasse... Nous sommes faits pour vivre dans la contradiction. Je ne pouvais quand même pas me forcer à vivre avec toutes ces vieilleries alors même que j'essaie de ne pas trop penser à la vieillesse. Je lui avais dit de prendre tout ce qu'elle voulait, et j'ai donné le reste. Quand elle s'en est aperçue, elle a été si violente que je n'ai rien compris. Elle disait vouloir me voir morte et qu'elle ne viendrait pas à mon enterrement. Ce n'est que plus tard que j'ai compris ce qu'elle voulait et que je ne pouvais pas lui donner. Elle souffrait de la relation que j'avais eue avec son frère, et elle n'avait pas tort de dire, bien que je l'eusse toujours nié, que je le préférais. Ce n'était pas une question d'amour mais de sympathie... Avec lui, un sourire faisait l'affaire. Enfin ce sont des histoires de famille, on en a tous ! N'est-ce pas ?

Je hochai la tête sans répondre. Je n'irais pas à l'enterrement de mon père, mais il fallait que j'explique pourquoi à ma mère, il fallait que je lui parle, que je lui dise que je ne lui en voulais pas de ne pas avoir su. Je l'aimais. J'aimais son sourire, son parfum, ses cheveux soyeux, la manière qu'elle avait de pencher sa tête légèrement sur la droite quand elle était contrariée et son regard triste de madone. Je l'aimais depuis mes premiers souvenirs.

— C'est beau, la famille, mais je ne suis pas sûre que ça vieillisse très bien. Tout devient pesant, c'est comme des vieux greniers qu'on ne peut jamais vider, finit-elle par conclure.

— Vous avez des regrets ?

— Aucun.

Elle se reprit.

— Non, ça n'est pas vrai ; je n'en avais aucun jusqu'à la mort de mon fils. Enfant, il m'a demandé plusieurs fois de l'emmener à la fête foraine, je ne l'ai jamais fait, je le regrette.

Des larmes voilèrent son regard.

— Qu'avais-je de mieux à faire ? Mon métier ? Un dîner entre amis ? Un livre à terminer ? Une douche à prendre ? Je regrette de ne pas l'avoir fait. J'aurais voulu pouvoir me souvenir du bonheur de ses yeux et de son sourire en le voyant monter pour la première fois dans la grande roue, j'aurais voulu serrer sa petite main dans la mienne et partager sa peur, craignant qu'il ne tombe, et son plaisir, celui de le serrer contre moi pour le protéger. C'est peut-être mon seul regret, mais il me revient souvent.

Elle se leva pour fermer la fenêtre. Dehors, le soir faisait tranquillement place au jour. J'étais là depuis bientôt une heure. Il fallait que j'appelle ma mère, mais je ne savais pas quoi lui dire. Je regardai ma montre, il était dix-huit heures trente, bientôt l'heure du dîner chez moi, si toutefois ils dînaient toujours à vingt heures.

— Et vous ? s'enquit-elle soudain. Vous ne m'avez rien raconté. Pourquoi étiez-vous seul, à votre âge, sur un banc à n'attendre personne ?

Je mis un temps à lui répondre, distrait par le pigeon qui était revenu se poser sur le balcon pour me regarder droit dans les yeux.

— Je reviens d'un long voyage. Ce banc avait l'air idéal pour me reposer.

Elle me fixait avec amusement. C'était étrange, j'avais l'impression d'être encerclé, entre le regard de cet oiseau et celui de cette femme, comme si tous deux me demandaient ce que j'attendais pour me mettre à vivre. Je ne dis plus rien, mais mon cœur se mit à battre à un rythme que je n'avais pas senti depuis longtemps.

Elle tourna son visage vers l'oiseau qui s'envolait.

L'instant d'après, je dévalais les escaliers. Ils me paraissaient beaucoup plus longs que lorsque je les avais montés avec Chloé. Elle m'avait confié son prénom avant que je parte, et j'avais aimé son intemporalité. J'étais bien auprès d'elle, mais je ne pouvais pas me permettre de m'installer dans le bonheur ; ne sachant comment lui dire au revoir, j'avais attendu qu'elle retourne dans la cuisine pour m'éclipser et j'étais parti en courant, précipitamment. J'espérais qu'un jour prochain je la recroiserais et qu'alors elle ne m'en voudrait pas. Il fallait maintenant que je trouve un chemin pour regagner ma liberté. Je ne pouvais plus vivre entre les murs de mon passé.

VIII

Je marchais rapidement dans la rue, sous mes pieds le métro faisait trembler la chaussée. Je me bouchais les oreilles pour ne pas entendre le vacarme infernal que faisaient ses roues en grinçant sur les rails. Des images épouvantables traversaient mon esprit : des membres écartelés fusaient autour de moi, ici une jambe, un bras, là des doigts dispersés, une mère indienne berçait un enfant mort que je n'arrivais pas à ressusciter, des murs m'encerclaient sans que je puisse les repousser tandis qu'un avion m'emportait plus loin dans les ténèbres.

Je sautai dans un taxi et lui donnai mon adresse. Quelques minutes plus tard, j'en sortais précipitamment, sans attendre ma monnaie, et traversais la cour de mon immeuble d'un pas rapide, la peur au ventre, mais sans hésitation. Je n'étais plus le même que ce matin. Je craignais maintenant que les choses n'aient trop changé chez moi, que je ne reconnaisse plus rien de ce qu'avait été ma vie et qu'on se soit débarrassé de mes souvenirs, petit à petit, donnant un meuble par-ci, vendant un tableau par-là. Je comprenais l'attachement de la fille de

Chloé aux objets du passé, ils soutiennent nos souvenirs en nous offrant la certitude que nous ne les avons pas rêvés, et la preuve de qui nous étions. Je pensais au tableau de mon grand-père dans l'entrée, au long couloir en forme de T qui desservait nos chambres d'adolescents, aux tableaux miniatures de la bibliothèque, aux rideaux bleu et doré derrière lesquels nous nous étions si souvent cachés, à l'odeur particulière laissée par les bougies et la cire du parquet. J'avais pu fuir tout cela parce que je savais ce que je laissais derrière moi. Je voulais revenir dans ce décor de château parce que les objets qui s'y trouvaient étaient les seuls témoins de ce qu'avait été Gabriel et de notre existence dans cette maison familiale où nous avions appris à marcher, à rire, à pleurer, à souffrir et à grandir, où les murs transpiraient nos espoirs et nos désillusions. Je voulais, une dernière fois, essayer de comprendre les drames de notre existence. Le manque retrouvé de ma mère à qui je ne pensais plus depuis une dizaine d'années me tordait les entrailles. Serait-elle là ? A quoi mes frères pourraient-ils ressembler ? Avaient-ils gardé quelques souvenirs des jeux que nous avions partagés ?

Une fois dans le hall, je songeai qu'il était idiot de ne pas leur avoir apporté de cadeaux ; j'étais là, après tant d'années, revenu pour la mort de notre père mais à peine invité, les mains vides. Alors que j'avais dû quitter l'appartement de Chloé précipitamment, poussé par l'immense désir que j'avais eu de revoir ma mère, comme un amoureux transi courant vers sa bien-aimée, je restais maintenant interdit et paralysé à la porte de mon enfance.

J'habitais au premier. Je gravis l'escalier quatre à quatre vers notre appartement et m'arrêtai brusquement devant sa porte grise. Elle était blanche autrefois, ils avaient sûrement repeint les parties communes. La sueur perlait sur mon front, je cherchai dans mes poches un mouchoir pour m'essuyer. Les grands moments d'émotion devraient toujours être vécus en hiver car la chaleur submerge l'homme plus encore que ses sentiments. Le doigt sur la sonnette, je repris ma respiration et me mis à espérer le contraire de ce à quoi j'avais rêvé en traversant la cour. Je souhaitais maintenant pénétrer dans un appartement vide où seul le silence résonnerait. Je pensais à mon père, mort, allongé dans sa chambre, et songeais que j'aurais préféré qu'il soit à la morgue. Les poings fermés, j'hésitai à tambouriner à la porte avec violence, mais je n'en fis rien. J'essayai d'attraper un son venant de l'intérieur, mais rien ne me parvint, pas un bruit, aucun signe de vie, un silence de mort devait y régner.

Quelques secondes après avoir sonné, j'entendis des pas et la porte s'ouvrit sur le chapeau haut de forme et l'air sévère du portrait de mon grand-père. Victor, l'homme de maison, était toujours là. Son ombre se dessinait sur l'immense peinture. Il avait vieilli, mais se tenait toujours aussi droit. Sa vue devait avoir beaucoup baissé parce qu'il me scrutait d'un air interrogateur et ne semblait pas me reconnaître.

— Bonjour, Victor, lui dis-je.

Il ne réagissait pas non plus au son de ma voix. J'étais à la fois déçu, j'aurais voulu que ma mère m'accueille bien qu'elle n'ait jamais elle-même ouvert à personne, et ému de le revoir ici, fidèle à cette maison. Combien de fois m'avait-il ouvert cette porte ? Des milliers, c'est certain. Et pour combien de discussions véritables et personnelles en retour ? Trois ou quatre, peut-être. Il est toujours fort difficile de sortir des rôles qu'on nous impose.

— Ma mère est là ? lui demandai-je, sur un ton si familier qu'il ne pouvait plus ne pas me reconnaître.

Il me regarda attentivement et son visage s'éclaira enfin.

— Pardieu ! Monsieur Vincent. C'est bien vous ? Cela fait si longtemps ! Vous avez bien changé... Pardonnez-moi, je dois dire que je suis un peu perdu avec le malheur qui nous frappe, ajouta-t-il en me serrant la main chaleureusement. Pauvre petit ! Vous arrivez bien tard. Si vous saviez comme il a souffert ! Pauvre Monsieur ! Il aurait été mieux à l'hôpital, mais vous savez combien il détestait sortir de chez lui. Il n'a pas beaucoup changé pendant votre absence, même s'il avait beaucoup maigri... Vous allez voir cela par vous-même... Quel dommage que vous ne l'ayez pas vu avant ! Vous êtes parti si longtemps... Combien cela fait-il, dix ans ?

— Quinze, murmurai-je, un peu sonné par les informations dont il venait de m'inonder sans précaution.

— Dix ans ! Comme le temps passe ! Et jamais en notre faveur... Dire que vous étiez si petits ! C'était la belle époque !

Il déversait ses paroles en restant sur le seuil, secouant la tête comme une marionnette cassée, et je me sentis soudain pris en otage, entre le portrait de mon grand-père paternel et Victor qui ne me laissait pas entrer et me rappelait que je n'étais plus vraiment chez moi ici et que je devais désormais attendre qu'on m'y invite. Je n'osais pas lui demander de se taire, mais je n'avais aucune envie d'écouter les détails trop concrets, trop vivants, qu'il me donnait sur la mort de mon père. J'essayais d'oublier qu'il était encore là, quelque part, j'espérais sa chambre fermée à clé. Lâchement, je simulai une quinte de toux un peu exagérée pour qu'il arrête de parler. Je ne sais s'il me crut, mais il fit semblant de se préoccuper de mon état et me proposa quelque chose de chaud à boire. Comme le douanier ce matin, il s'étonna de me voir sans bagage et je me sentis à nouveau stupide de débarquer ainsi les mains vides. J'improvisai un vague mensonge sur la perte de mes bagages par la compagnie aérienne que je me préparais à servir également à ma mère et à tous ceux qui me poseraient la question avec consternation ou méfiance.

J'avais oublié la dévotion de Victor pour Monsieur. Je savais qu'il avait un fils, mais ce dernier, Robert, je crois, ne lui parlait plus. J'avais hésité à lui demander de ses nouvelles pour couper court à ses lamentations au sujet de mon père, mais heureusement il s'était maintenant arrêté et je le suivais à l'intérieur. En le regardant avancer de dos, dans son uniforme noir parfaitement repassé, avec sa nuque raide et fatiguée, son crâne dégarni sur lequel quelques touffes misérables de cheveux grisâtres poussaient encore, je fus pris de tendresse et j'eus soudain envie de le soulever pour le serrer contre moi. Je n'en fis rien. Je me contentai de le suivre en faisant craquer sous mes pieds le parquet en point de Hongrie ciré à la perfection. La maison n'avait pas perdu de sa tenue, les malheurs n'y avaient rien changé.

Après avoir marmonné quelques mots inaudibles probablement à sa seule intention, Victor m'informa, en se retournant légèrement vers moi mais sans me regarder, que ma mère s'était assoupie. Elle n'avait pas dormi depuis plusieurs nuits, me dit-il, et avait attendu toute la journée un mystérieux invité pour qui elle lui avait demandé de rajouter un couvert à table pour le déjeuner et le dîner. C'était seulement maintenant qu'il comprenait de qui il s'agissait. Ayant fini sa phrase, il me regarda et me dit avec fermeté, comme un père à un fils qui aurait manqué à ses devoirs :

— Monsieur Vincent, j'espère que vous êtes revenu pour de bon, la santé de Madame ne pourrait supporter un autre départ. Elle n'est pas en mesure de se débrouiller seule, et je dois dire que vos frères n'ont pas les reins solides, me lança-t-il avec assurance, comme si la mort de mon père l'avait autorisé à prendre la parole et à s'affirmer.

Tandis qu'il me conduisait au salon, il ajouta, d'une voix monotone et triste, quelque chose sur les mystères de cette famille que je ne compris pas. Je l'écoutais en essayant de me tenir à distance de lui, n'aimant pas marcher trop près derrière les gens.

Je pénétrai dans le salon, le velours et la soie donnaient à l'endroit un côté ostentatoire. Tout était en ordre, rien n'avait bougé. Je fus à la fois soulagé et agacé. Je repensais aux murs blancs de l'appartement de Chloé et au thé à la bergamote qu'elle m'avait servi, et regrettai de ne pas avoir mangé les spéculos qu'elle avait posés sur le coin de mon assiette en porcelaine bleue. Autour de moi, les meubles et les objets étaient les mêmes que du vivant de mon frère. Ce fauteuil en velours vert où je venais m'asseoir pour lire près de la cheminée pendant que Gabriel jouait aux échecs avec mon père, cette collection de vases russes, le jeu de dames en bois d'ébène, l'horloge, les plateaux en argent, la conversation en velours pourpre... tout y était. Comment pouvait-on vivre dans un endroit si encombré ? Les meubles semblaient vivants, dépositaires des générations précédentes, et leur présence était si forte que j'eus l'impression de disparaître dans ce décor, comme si leur histoire avait pris possession de la mienne en se mêlant à mes souvenirs. Il devait être dix-neuf heures trente, ce n'était plus l'heure de la sieste mais il était encore trop tôt pour que mes hôtes soient couchés. Pourtant, ma mère dormait toujours, et je ne voulais pas la réveiller. Mon père nous avait toujours dit que le sommeil était sacré et que l'on ne devait jamais entrer dans la chambre à coucher de quelqu'un sans y être invité. Victor restait à côté de moi, il semblait soulagé de ne plus être seul dans cette maison mortuaire. J'aurais préféré qu'il me laisse un peu tranquille, mais il répétait en boucle des phrases étranges sur ce qu'il appelait « la belle époque ». Peut-être qu'en me voyant me présenter ainsi à la porte, sans qu'on l'ait prévenu, parce que personne ne l'informait jamais de rien et qu'il apprenait toujours tout par hasard, il avait, comme moi depuis ce matin, été frappé de nostalgie.

— A quoi pensez-vous, Victor, quand vous parlez de la « belle époque » ?

J'espérais qu'il me donne un peu de ce bonheur perdu dont il parlait tant et qu'il me gâte de quelques souvenirs heureux oubliés. Mais à ma grande déception il éluda ma question :

— Oh ! C'est loin, Monsieur, tout ça ! Et, vous savez, je n'ai jamais eu très bonne mémoire.

— Vincent, le repris-je. Je préférerais que vous ne m'appeliez pas Monsieur.

— Vous avez raison, Monsieur. Monsieur est mort, dit-il, les larmes au bord des yeux.

Ma mère l'inquiétait par-dessus tout, elle était perdue, se lamenta-t-il, elle qu'il n'avait jamais connue qu'avec Monsieur.

— Comment fera-t-elle ? Mon Dieu, comment fera-t-elle ? sanglotait-il les yeux rivés sur le plafond comme s'il implorait un dieu ou un fantôme qui aurait pu l'entendre.

Sa solitude me donnait la chair de poule. Je sentais dans ses lamentations un désespoir qui dépassait ses inquiétudes avouées. Je tentai de lui demander des nouvelles de son fils, mais il recommença à parler de ma mère, elle était prostrée depuis deux jours et restait, les yeux dans le vide, à ne rien faire. La moindre décision à prendre lui paraissait insurmontable, et il n'était pas sûr qu'elle ait appelé les pompes funèbres.

— La mort est une sale chose, affirma-t-il en secouant la tête.

Quelques heures après qu'il était décédé, elle avait fait mettre à Monsieur son plus beau costume et avait insisté pour qu'on noue parfaitement les lacets de ses chaussures en cuir verni. Il fallait que quelqu'un prenne une décision, on ne pouvait pas rester là sans rien faire, avec ce mort dans l'appartement. A force, la situation allait devenir illégale. J'aurais voulu lui dire, à cet instant, que mon père méritait de pourrir dans sa chambre, lui rappeler ce qu'il avait fait à mon frère, et lui demander s'il s'en souvenait, de cet épisode précis de sa si « belle époque ». Mais, comme d'habitude, je me tus. Les souvenirs douloureux sont un peu comme les affaires que l'on range au grenier, on peut monter les voir mais on les descend rarement chez soi.

— Vous dînez bien avec nous ce soir ? s'enquit enfin Victor, de nouveau dans son rôle de serviteur.

— Oui, je crois, lui répondis-je.

— Bien, Monsieur. Tout le monde sera là alors.

J'avais treize ans. Mes parents étaient partis en voyage. J'étais au salon, occupé à jouer aux dames avec ma grand-tante paternelle, la plus jeune sœur de mon grand-père. Elle était extrêmement âgée, mais encore assez dégourdie et, quand mes parents s'absentaient, il lui arrivait de s'installer chez nous pour nous garder. Elle était restée très coquette avec ses cheveux blancs qu'elle ramassait toujours dans un chignon exubérant un peu trop parfumé, et son maquillage, certes discret, mais qui me gênait lorsque je la regardais de trop près, parce qu'alors je voyais que son rouge dépassait de ses lèvres, disparues sous les plis de l'âge. Ce jour-là, je l'observais bouger ses pions et pensais qu'elle jouait plus lentement que d'habitude. Quand ce fut mon tour, elle posa sa tête en arrière sur le dossier de son fauteuil et parut s'endormir. La partie devenait interminable et j'avais du mal à supporter l'odeur de son parfum Guerlain qui inondait la pièce et m'empêchait de penser. J'allai aux toilettes et revins quelques minutes plus tard. Elle était toujours dans la même position. Je secouai son bras pour qu'elle réagisse, mais elle ne bougeait plus. Elle était tellement mauvaise perdante qu'elle aurait très bien pu faire semblant de dormir seulement pour interrompre notre partie et ne pas admettre son échec. Je me levai pour m'approcher d'elle et vis qu'elle ne semblait plus respirer. Mais son parfum sentait si fort que l'idée qu'elle soit morte me parut impossible. Je courus chercher Gabriel dans sa chambre pour qu'il m'aide à la secouer.

— Tante ! criait-il, réveillez-vous ! Tante !

Mais elle ne cillait pas. Nous n'avions jamais vu de mort, excepté un ou deux oiseaux dans la cour, et, nous en étions maintenant certains, Tante Francesca ne bougerait plus. Elle était morte sous mes yeux sans appeler au secours ou me dire quoi que ce soit. Gabriel et moi savions que nous vivions un moment triste et pour le moins exceptionnel, mais je ne sais pas pourquoi il me demanda soudain :

— Et qui gagnait ?

— Moi ! lui répondis-je.

Et nous partîmes dans un fou rire monstrueux. Victor ayant entendu du bruit lorsque Gabriel avait essayé de déplacer le fauteuil sur lequel notre tante était assise, refusant de la toucher pour s'assurer qu'elle était en vie, avait accouru dans le salon. Son air affolé lorsqu'il aperçut la morte nous replongea dans un tel fou rire que je dus m'allonger pour me calmer. Victor nous regardait comme si nous étions fous, peut-être pensait-il que nous avions étranglé notre tante. Aujourd'hui, tout cela me paraissait bien loin. Je ne me rappelais plus très bien ce que nous avions fait du cadavre, mais je me souviens que c'était arrivé un dimanche soir et que les pompes funèbres étaient fermées. En attendant le lundi, nous avions donc glissé un coussin sous sa nuque pour tenir sa tête droite.

— Vous voulez que j'aille voir votre mère pour la prévenir de votre arrivée ? me proposa Victor en brisant mon souvenir.

— Non merci, laissez-la dormir.

Je ne connaissais pas grand-chose de la vie de Victor, nous n'avions jamais vraiment eu d'intimité hormis cette fois où, alors que j'étais dans la cuisine, je l'avais surpris en train de se disputer avec quelqu'un au téléphone. Il lui avait brutalement raccroché au nez en criant « Quelle idiote ! », lui qui ne disait pourtant jamais un mot plus haut que l'autre.

Je l'avais regardé sans bouger et, sans que je le veuille, lui, d'habitude si discret, s'était mis à me confier :

— C'était la mère de mon fils.

— Vous avez un fils ?

— Oui, il s'appelle Joseph, il a à peu près ton âge.

— Ah bon !

— Je ne le vois presque plus depuis huit ans. Ce n'est pas facile avec sa mère. Quand je suis seul avec lui, ça va. Mais ça n'arrive que rarement.

— Ça vous rend triste ? lui avais-je demandé.

— J'essaie de ne pas trop y penser, j'attends qu'il grandisse.

Je me souvenais de l'odeur de whisky qui le suivait toujours alors. D'ailleurs, quand il m'avait ouvert la porte plus tôt, je l'avais sentie de nouveau.

— Je vous sers quelque chose ? me dit-il.

— Non merci, ne vous embêtez pas. Je viendrai vous rejoindre si je change d'avis. Je pense me rappeler où est la cuisine.

Il sourit faiblement, d'un sourire qui exprimait tant de choses à la fois.

Seul au salon, j'épiais chaque bruit, traquant le son de pas qui s'approcheraient vers moi, me tenant prêt, presque immobile, assis ou debout, sans respirer, attendant qu'une silhouette familière, que je ne reconnaîtrais pas immédiatement, je le savais, entre dans le salon. Mais personne n'arrivait. Les minutes semblaient se fondre en heures et j'avais l'impression de patienter depuis une éternité. Je me levai d'un coup pour rejoindre Victor, espérant qu'il soit aussi bavard que tout à l'heure et que quelques souvenirs de la « belle époque » lui soient revenus.

Mais Victor n'avait plus rien à dire. Je m'assis donc dans la cuisine devant un verre de rosé, et me laissai absorber dans mes pensées. C'était l'endroit de l'appartement que je connaissais le moins et où, pourtant, je me sentais le mieux. La lumière se reflétait dans les casseroles en cuivre et faisait paraître des points lumineux sur les murs entièrement carrelés de blanc, comme autant d'étoiles dans le ciel. Sans être sûr que mon imagination ne fût pas en train de me jouer un tour, il me sembla avoir déjà vécu cette scène, enfant.

Victor finissait de préparer le dîner. Une odeur délicieuse embaumait la pièce. Je ne l'ai pas entendue arriver. Elle était là, dans l'encadrement de la porte, à me regarder sans s'approcher de moi. Ma mère était debout. J'ai levé les yeux et mon cœur a bondi dans ma poitrine. Je voulais me lever et la serrer contre moi, mais je restai assis à la dévisager. Une émotion qui n'appartient qu'à l'enfance, et que seul un fils peut éprouver pour sa mère, m'envahit. Notre mère est la seule personne dont l'existence ait une place aussi importante dans notre vie, quelle que soit la nature des rapports qui nous unissent à elle, son être semble faire écho à un point si profond et sensible de notre âme et de nos entrailles que sa présence ou son absence, ses actes et ses dires peuvent tout faire chavirer, pour le meilleur ou pour le pire. Le fait divers que j'avais lu plus tôt dans le journal me revint soudain, cet homme désespéré qui s'était laissé mourir dans les vêtements de sa défunte mère.

La mienne me regardait sans rien dire, et me sourit faiblement. Elle avait l'air surprise de me voir là. Peut-être qu'elle ne m'attendait plus. Elle s'était arrêtée à quelques mètres de moi et semblait ne pas oser s'approcher. La situation était surréaliste, le temps passé avait rendu les retrouvailles trop lourdes de sens. Toutes les questions auxquelles nous n'avions pas répondu tournaient à présent autour de nous en silence. Je savais que ce moment d'intimité n'allait pas durer et que bientôt Victor allait se retourner ; il était de dos, les épaules basses, et ne la voyait pas encore, trop occupé à tourner sa cuillère en bois dans la casserole. C'était ainsi que je rêvais de la revoir. Elle avait vieilli. Chose très étonnante pour une femme jadis si coquette, elle avait laissé ses cheveux blanchir. Malgré cela, elle était encore très belle, son visage était certes moins lisse qu'autrefois, il s'était fissuré, mais l'âge lui allait bien.

Elle aussi semblait avoir du mal à me reconnaître et je la vis plisser les yeux, l'air perdue et soucieuse. Sa vue avait-elle baissé ou avais-je vraiment changé ? Je regrettais soudain de m'être coupé les cheveux, persuadé qu'elle aurait préféré que je les eusse longs. Quand Victor se retourna, je me levai pour l'embrasser. L'étreinte fut gauche, je connaissais si peu les bras de ma mère. Elle me tapota gentiment l'épaule pour se retirer avec douceur. J'étais si triste soudain de l'avoir abandonnée, je ne sais si c'étaient les rides qui zébraient son cou ou son menton tombant, mais mon sentiment d'abandon s'inversa et, en la voyant si seule, je ne pus m'empêcher de m'en vouloir.

— Je pensais que tu ne viendrais pas, furent ses premiers mots.

— Moi aussi.

— Ton voyage n'a pas été trop long ?

— Non, ça va.

— Tu as pu dormir ?

— Oui.

— Tu ne devais pas arriver ce matin ?

— J'ai pris du retard.

— Tu l'as vu ?

— Non.

— Il est dans sa chambre.

— Je sais.

— Ne te sens pas obligé...

— Merci.

— Ils viennent le chercher demain.

J'étais heureux d'être de nouveau près d'elle, mais aussi profondément triste de ne pas pouvoir lui parler comme j'en avais rêvé. Victor, par chance, nous interrompit. J'avais mal. J'étais affligé par la trivialité de nos échanges, je préférai donc me taire plutôt que de continuer à parler en censurant mon cœur.

— A quelle heure voulez-vous dîner, Madame ?

Elle aussi semblait gênée et devait remercier le ciel que Victor lui pose cette question ; les petites nécessités du quotidien nous sortent souvent d'embarras dans des moments délicats en nous donnant autre chose à penser.

— Quelle heure est-il ? s'empressa-t-elle de demander.

— Presque vingt heures.

— Mais non ! Vous auriez dû me réveiller ! Vous savez que je ne porte plus de montre.

— Je suis passé deux fois devant votre chambre, répondit Victor visiblement embêté d'avoir failli.

— Je ne vous ai pas entendu, dit ma mère en vérifiant les plats qui mijotaient.

Je me rassis pour terminer mon verre.

— Excusez-moi, Madame. Tout est prêt, mais personne n'est encore là, à part Monsieur Vincent.

— Je pense que Yasmine est rentré, j'ai entendu son bain couler.

Elle se tourna vers moi.

— Tu ne l'as pas vu ?

— Non, pas encore.

Elle s'assit en face de moi et Victor lui servit un verre de whisky. J'étais surpris de voir qu'elle buvait un alcool aussi fort.

— Tu verras, il a beaucoup changé. Il est très gentil... et il a très envie de te connaître. Il était trop petit quand tu es parti, aujourd'hui, il ne se souvient pas de grand-chose.

— Je pensais que tu étais seule ici, lui dis-je, un peu sèchement.

— Je vous assure, Madame, que..., reprit Victor avant que ma mère ne l'interrompe de nouveau.

— Je suis sûre de l'avoir entendu !

Elle ne pouvait pas se tromper, en ce qui concerne ses enfants, elle avait toujours eu un sixième sens. Quand, adolescents, nous sortions tard, sa porte était souvent entrouverte lorsque nous partions, et nous l'entendions toujours la fermer au moment où nous rentrions.

Victor la regarda, un peu perplexe, il n'avait pas entendu Yaz sonner, et il était confus de m'avoir dit qu'il n'y avait personne.

— Excusez-moi, Monsieur, j'aurais dû vérifier, assena-t-il sur un ton maintenant glacial et distant.

Je lui fis signe que tout allait bien, même si je préférais vraiment qu'il ne m'appelle pas « Monsieur ». Ma mère se leva et, en se dirigeant vers la porte, lui lança :

— Nous allons attendre au salon. Si Julien n'est pas là à vingt heures trente, nous commencerons sans lui.

Elle sortit pour emprunter le couloir. Je la suivis. Elle fit quelques pas, s'arrêta devant une porte et se retourna pour me dire :

— Si tu veux aller voir ton père...

— Je sais où est sa chambre, merci. Mais je n'aime pas les morts.

— Il t'a attendu, tu sais.

Je ne répondis pas.

— C'est dommage, continua-t-elle.

— Quoi ?

Ma colère était revenue, plus forte.

— Tout.

J'aurais voulu lui en parler, des vrais dommages, de mon cœur ravagé, de cet amour éteint qui nous avait brisés et qui avait retiré à Gabriel l'envie de vivre, mais les mots se refusaient à moi et les phrases ne se formaient pas dans ma bouche, comme si j'avais perdu l'usage de la parole. Etait-il plus douloureux d'être muet ou de savoir parler sans jamais rien pouvoir dire ? Nous entrâmes dans le salon et ma mère s'assit dans son fauteuil en velours vert, le même que celui où, enfant, je l'avais tant guettée. Un soir, j'avais fait une terrible crise de nerfs au pied de ce fauteuil pour qu'elle me prenne dans ses bras. J'entendais encore les recommandations à la nurse : « Soyez gentille, Maria, emmenez-le ailleurs et mettez-lui un peu d'eau froide sur le visage, pas glacée, juste un peu fraîche, pour qu'il se calme. »

Après un silence inconfortable ma mère me dit :

— Tu n'as rien à me raconter ?

— Je ne sais pas... Non, pas grand-chose.

— Tu es heureux là-bas ?

— J'ai une jolie maison.

— Ah !

Je regardai autour de moi.

— Rien n'a changé ici.

— Non. Enfin, il y a des choses qui n'étaient pas là.

— Ah ? Lesquelles ?

— Ce tableau, par exemple.

— Il était là.

— Ce fauteuil.

— C'est celui où est décédée Tante Francesca quand vous étiez en voyage à Venise.

— Ecoute, je ne connais pas exactement l'emplacement de chaque chose, me dit-elle, agacée.

Le moment de grâce était passé, nous étions revenus quinze ans en arrière. Tout se remettait en place, cette maison nous possédait et, comme dans une pièce de théâtre, nous assignait nos rôles, uniques et immuables. Des pas bruyants résonnèrent dans le couloir. Quelqu'un s'approchait, perché sur des chaussures à talons. Nous l'écoutâmes et ma mère eut soudain besoin de me préciser, pour combler le silence et me préparer à l'arrivée de mon frère, qu'il était presque devenu ma sœur.

— C'est Tristan... Il préfère qu'on l'appelle Yaz... Il y avait trop de tristesse dans Tristan... Tu trouves, toi aussi ?

Les pas dans le couloir s'étaient arrêtés.

— Je pense comme lui que Yasmine lui va mieux. C'était le prénom de ma mère, continua-t-elle.

— Oui, je sais.

— C'est dommage que vous ne l'ayez pas connue, elle vous aurait beaucoup aimés, mais, si elle avait encore été là, peut-être que, vous, vous n'existeriez pas... Tu sais mes parents étaient des gens simples... Ils sont morts trop jeunes...

Je ne comprenais rien à ce qu'elle racontait, ma mère ne parlait jamais de ses parents habituellement, elle devait délirer à cause de la mort de mon père. Je repensai à ce que Victor m'avait raconté et à l'inquiétude qu'il disait avoir pour elle, noyée dans son chagrin.

Les cheveux longs décolorés encore mouillés, mon frère Tristan fit son entrée, vêtu d'un jean trop serré et d'un corsage vert à pois roses très féminin. Sans faire attention à moi, j'étais assis dans un coin sombre, il se pencha vers ma mère, l'embrassa chaleureusement, ce à quoi elle répondit en caressant tendrement sa nuque. J'étais sidéré, depuis toujours je m'étais persuadé qu'elle n'en était pas capable, elle nous avait toujours repoussés quand nous venions vers elle et, même plus tôt dans la cuisine, alors qu'elle ne m'avait pas vu depuis quinze ans, son accueil était resté glacial. Je ne comprenais plus rien, et j'eus l'impression d'assister à un miracle, comme si ma mère avait toujours été coincée dans un fauteuil roulant et qu'elle venait de s'en lever pour courir. Je me redressai brusquement et elle interrompit leur étreinte pour me présenter.

— Tu étais trop jeune pour te rappeler, mais je te présente ton frère, Vincent.

Il me regarda du coin de l'œil sans bouger. Je ne sus qui de nous deux était le plus embarrassé.

— Excuse-moi, je ne t'ai pas prévenu, mais je n'étais pas sûre qu'il viendrait... Je ne voulais pas que tu sois déçu.

Il se tortillait sur place de façon un peu étrange, sans parler ni me tendre la main. A ma grande surprise, il se retourna alors pour se cacher et fondit en larmes.

— C'est trop ! C'est trop ! disait-il.

Le noir coulait de ses yeux trop maquillés, ma mère s'approcha de lui pour le consoler, il pleurait à gros sanglots et, elle, elle en faisait trop. Elle le prenait dans ses bras, essuyait les traces de mascara qui dégoulinaient sur ses joues, c'était ignoble de la voir ainsi. Je la préférais froide, ce débordement affectif me faisait peur, et lui aussi. Où était mon petit frère ? Je ne le reconnaissais pas dans ce corps dont je ne parvenais pas à cerner l'identité sexuelle. Il ne ressemblait pas à un adulte, plutôt à une petite fille brisée, piégée dans un corps d'homme malheureux et fou. Pourtant, il y avait quelque chose de familier dans ses pleurs. Un souvenir, soudain, me frappa de plein fouet : je devais avoir quinze ans et lui trois, nous étions sur la plage de Deauville et je lui avais acheté une glace. Il la mangeait très lentement, j'avais beau lui dire de se dépêcher, elle fondait et coulait sur son cornet, et elle avait fini par s'écraser lourdement sur le sable. Il s'était mis à sangloter si fort que j'avais eu honte. Je ne savais plus quoi faire, je lui aurais promis n'importe quoi pour qu'il cesse de hurler, en vain. Les passants autour commençaient à s'arrêter pour nous regarder et il pleurait de plus belle. Tristan en avait toujours trop fait, n'ayant jamais eu honte de rien. Le lendemain, j'avais essayé de lui expliquer qu'il était trop grand pour faire de tels scandales, il m'avait alors répondu : « A quoi ça sert de pleurer si personne nous entend ? »

En vingt ans, les pleurs n'avaient pas diminué, au contraire, ils avaient gagné en hystérie. Je me sentais pris en otage dans une situation grotesque, je n'avais jamais été très à l'aise face à l'impudeur, j'en avais même une aversion violente. Je priais maintenant pour que vienne l'heure du repas et que nous puissions passer à table sans attendre Julien. Enfin, l'horloge sonna, le dîner était prêt. J'avais la tête qui tournait et l'impression de dévaler des montagnes russes.

IX

Nous passâmes à table à quelques mètres du cadavre de mon père et entamâmes une discussion légère autour d'un soufflé au fromage. Tristan riait fort mais je préférais cela à ses pleurs hystériques. Ma mère, de son côté, n'arrêtait pas de répéter : « Explique-lui ce que tu fais, mon chéri ! Yaz a un talent fou ! » Mon frère m'expliqua donc sa passion pour la mode, les dossiers qu'il préparait pour Karl Lagerfeld et les idées que « Karl » lui avait volées. Ma mère insistait pour qu'il aille chercher les robes qu'il avait lui-même cousues. Je le retenais pour qu'il reste à table et qu'il mange son plat tant qu'il était chaud, mais ma mère insistait. Il lui répondit soudain avec une agressivité que je ne lui connaissais pas :

— Tu m'emmerdes avec ça, je ne sais même pas où elles sont !

En quelques secondes, il était passé de l'amour à la haine. Elle ne rétorqua rien.

Le couvert était dressé pour six, mais nous étions seulement trois à table, Julien n'étant toujours pas là. Je n'avais demandé aucune explication, connaissant ma mère, j'imaginais que le cinquième couvert, disposé à la place de mon père, était pour lui, et que mon frère devait venir accompagné. Il arriva seul, peu avant le dessert. Je reconnus tout de suite ses yeux. Il me prit dans ses bras et je sentis son maigre corps, bien différent de celui des chevaliers de nos aventures imaginaires. Avant de nous rejoindre, il s'était précipité aux toilettes et n'était revenu qu'au bout de dix minutes. J'avais tout de suite compris. Il avait une mine épouvantable, avec ses grands yeux noirs trop enfoncés et ce sourire pitoyable auquel manquait une dent sur le côté. A table, il piqua du nez entre chaque phrase et, chaque fois qu'il allumait une cigarette, je craignais qu'il ne mette le feu à la nappe. Ma mère ne disait rien, elle pliait et dépliait sa serviette nerveusement, tout en le priant de manger quelque chose.

— Je n'ai pas faim. Je ne suis pas venu ici pour manger..

Il me regardait durement et faisait comme si je n'existais pas. Je me souvenais de nos dernières paroles. Il avait sept ans, je partais, et il m'avait demandé : « Est-ce que toi aussi tu vas mourir ? » Je ne lui avais pas répondu. J'étais parti pendant quinze ans, j'avais vécu loin de lui, comme s'il n'existait pas.

Il évoqua ses problèmes d'argent et demanda à ma mère sur un ton agressif quand elle comptait aller chez le notaire. A ces mots, Tristan l'insulta :

— Tu nous emmerdes avec tes problèmes d'argent ! Maman n'a plus rien, elle t'en a déjà assez donné !

— De quoi tu te mêles, conasse !

— Mes garçons, s'il vous plaît...

— Ça va, tu peux élever la voix maintenant quand tu parles, il est mort, tu sais, grogna Julien.

Ma mère regardait derrière elle comme si mon père allait apparaître par magie. Julien suivit son regard et s'exclama :

— Quoi ! Il est encore là ?

Elle baissa les yeux.

— Je t'avais dit de le foutre à la morgue !

Yaz s'était remis à pleurer et criait maintenant :

— Pauvre Papa ! Pauvre Papa !

— Il faut qu'on l'enterre ou qu'on le brûle et qu'on n'en entende plus parler, marmonna Julien, soudain moins énergique et piquant carrément du nez.

— Je ne te permets pas de parler comme ça sous le toit de ton père ! rétorqua ma mère.

— C'est vrai, Maman, il ne peut pas rester ici..., gémit Tristan. Il faut faire quelque chose maintenant qu'il est mort.

Ma mère se tourna vers moi, qui regardais la scène avec consternation, et me dit sur un ton affolé :

— Vincent, je me suis occupée de tout, mais tes frères ne veulent pas respecter ses dernières volontés. Il voulait être enterré dans le caveau familial à Lyon auprès de ses parents et de ses grands-parents...

— Et de Gabriel, lança Julien.

— Gabriel est à Montparnasse, le repris-je.

— Plus maintenant, chuchota Yaz.

— Il l'a fait déplacer pour qu'il ne soit pas seul, précisa ma mère.

— Mais si on enterre Papa là-bas, il n'y aura plus de place pour nous.

— Pourquoi a-t-il mis Gabriel là-bas ? demandai-je, ahuri.

— Ecoute... C'est comme ça. Tu n'étais pas là, me dit-elle.

— Ce n'est pas juste ! pleurait Yaz.

— C'était son dernier souhait, plaida doucement ma mère.

— J'en ai rien à foutre, éructa Julien, je ne veux pas qu'on l'enterre là-bas.

— Les morts ont tous les droits ! s'énerva ma mère.

— Et nous ? On compte pour quoi ? Ils seront tous là-bas, tranquillement installés, pendant que nous, on pourrira ici, comme des chiens ? hurla Yaz avec colère, avant d'ajouter, sur un ton larmoyant et d'une voix de jeune fille : Ce n'est pas juste !

J'aurais pu le reprendre pour lui dire que c'était précisément le contraire, les vivants s'installent là où les morts pourrissent, mais je n'avais pas trouvé ma place dans cette étrange réunion familiale pour faire entendre ma voix. Leurs rapports avaient tant changé en quelques années, acculés, face à la mort, ils s'étaient tous mis à s'exprimer, les pires choses pouvaient maintenant être dites. Un proverbe chinois que je n'avais jamais vraiment compris me revint soudain, limpide désormais : « C'est au pied du mur qu'on voit le mieux le mur. »

Ma mère pleurait sans s'arrêter et j'eus l'impression à la regarder qu'elle laissait filer ainsi tous les malheurs de sa vie. J'avais tellement rêvé de vivre une scène comme celle-ci, une vraie tragédie italienne dans laquelle, bientôt, tout le monde se jetterait des casseroles au visage, mais cela prenait une allure trop macabre. Je préférais ma mère sur son trône de princesse comme je l'avais toujours connue et je ne supportais plus la voix de Julien qui passait des cris à un marmonnement traînant et incohérent.

— J'en ai rien à foutre, vociférait-il, qu'il dégage ! Qu'on le jette dans le caveau familial et qu'on nous file son argent !

Puis, presque abattu :

— J'ai trop de problèmes de thunes... Et arrête de pleurer, Maman, tu me fous le blues.

Ma mère essuyait ses larmes avec le mouchoir qu'elle serrait dans ses mains.

— Et toi, Tristan..., reprenait agressivement Julien.

— Yaz ! hurla-t-il.

— Si tu veux, conasse ! Je ne comprends pas pourquoi ça te met dans cet état, il t'a jamais regardé, Papa, alors qu'est-ce que ça peut te faire qu'il soit enterré ici ou là ?

— C'est pas vrai ! Il m'a dit plein de choses avant de mourir.

— Quoi ?! Arrête de mentir ! Il ne parlait à personne !

— Lyon, je trouve ça trop loin..., dit doucement Yaz.

— Je m'en fous !

— Mais toi aussi, tu nous as fait ta petite crise quand Maman t'a parlé du caveau !

Julien ne répondit pas. Il fit un geste que je ne compris pas. Je repensai à mon père. Qu'avait-il fait de ses fils ?

X

La veille de mes dix-huit ans, tôt dans l'après-midi, j'étais rentré chez moi, chose que je ne faisais jamais habituellement. Je me souviens que la lumière dehors était sombre, comme si le soleil ne s'était pas levé. A la maison, les lampes n'étaient pas allumées, les meubles se dessinaient dans la pénombre et donnaient aux pièces quelque chose d'angoissant. Excepté le morceau que ma mère jouait au piano, tout était silencieux, mes petits frères étaient à l'école, Victor devait être en train de faire des courses et les femmes de ménage ne devaient pas faire de bruit lorsque ma mère jouait.

J'avais voulu m'allonger dans ma chambre, mais quelque chose m'avait poussé à aller plus loin, vers les appartements de mes parents. J'avais traversé le long couloir qui menait à leurs chambres, ils ne dormaient plus ensemble, réunies par leurs salles de bains mitoyennes. Sous la porte de la chambre de mon père, j'avais vu que sa lumière était allumée. C'était inhabituel, mon père, même malade, ne s'y attardait pas. Je m'étais approché et j'avais reconnu une voix féminine qui ne pouvait être celle de ma mère, alors au piano. J'avais hésité, j'avais peur, je n'avais jamais violé l'intimité de mon père et n'étais jamais entré dans cette pièce sans frapper.

Ce jour-là, j'ai poussé la porte sans attendre son autorisation. Mon père nu en semi-érection était en face de moi, assis sur un fauteuil, nos yeux se sont croisés. Une étincelle perverse a traversé son regard avant de s'éteindre pour laisser place à sa mine stupéfaite. Mon dos s'est glacé. J'ai tourné la tête, et j'ai vu Gabriel, son corps nu, penché sur celui d'une femme. Lui ne m'a pas vu tout de suite. Je suis resté paralysé la main sur la poignée, Gabriel a levé les yeux vers moi. Je me souviendrai toujours de son regard. Ma mère jouait Bach dans le grand salon, je pensais à la fugue, à l'horreur, à la vie qui bascule. J'ai compris, et je suis parti en courant.

C'est la dernière fois que j'ai vu mon tendre frère, mon prince brisé, le grand amour de ma vie. J'ai couru dans la rue comme un fou, les yeux brûlant de larmes. Je croyais avoir rencontré le diable.

Depuis, je pense parfois que mon père m'a appelé et suivi, affolé, dans le couloir, mais je n'en suis pas sûr.

Nous étions toujours dans la salle à manger, personne n'avait quitté la table, sauf moi qui m'étais levé pour aller fumer à la fenêtre. Je n'en avais pas vraiment envie, mais il fallait que je fasse quelque chose de convenu, de socialement codé, d'anodin, comme ouvrir une fenêtre pour ne pas déranger les personnes autour de moi. C'était absurde bien sûr, car Julien fumait cigarette sur cigarette sans que personne lui dise rien. Je les observais et je me demandais à quel moment toutes les règles de cette maison avaient été brisées. Certainement pendant la maladie de mon père. Je contemplais la table et les restes du repas, je n'avais pas fait attention à la nappe magnifique qui la recouvrait, elle était jaune safran, de splendides oiseaux multicolores étaient brodés dessus, répondant ainsi aux couleurs des verres en cristal Saint-Louis. C'est étrange comme la beauté peut parfois vous distraire.

— Tu peux fermer la fenêtre ? J'ai froid, me lança Julien.

Je ne répondis pas. Je ne pouvais pas poser les yeux sur lui, je ne supportais plus la présence de drogués autour de moi. Il avait dû sentir mon jugement, parce qu'il m'agressa soudain :

— Tu entends quand on te parle ?

— Je finis ma cigarette.

— Qu'est-ce que tu es venu foutre ici de toute façon ? Tu penses que tu peux disparaître pendant quinze ans et revenir, mettre les pieds sous la table, et récupérer le pognon ? Tu crois que je ne te mate pas du coin de l'œil depuis le début du dîner, à faire les yeux doux à Maman pour qu'elle te refile l'héritage.

— Tu n'étais pas là au début du dîner, rectifiai-je, stoïque.

— Arrête de faire le malin avec tes petits airs supérieurs. Pour nous, tu es mort.

— Julien..., essaya de l'interrompre ma mère.

— T'en mêle pas, Maman. Tu ne vois pas dans quel état il est ? lui dis-je.

— Ecoutez, nous sommes tous fatigués, toi tu as fait un long voyage...

— Non, Maman, Julien n'est pas fatigué, il est complètement défoncé.

— Tais-toi, me tança Julien.

— Qu'est-ce que tu racontes ? Pourquoi tu dis des choses comme ça ? me reprit-elle. Nous sommes là pour nous réunir dans ce moment difficile, pas pour nous dire des horreurs.

Julien piquait sérieusement du nez, sa cigarette frôlait la nappe ; je passai derrière lui et lui tapai dans le dos pour qu'il se redresse, je n'avais pas envie qu'il brûle cette nappe précieuse. Il me donna un violent coup de coude dans le ventre auquel je ne répondis pas, je reculai et me pliai de douleur, mais il se leva alors et se jeta sur moi. En quelques secondes, j'étais parvenu à le plaquer contre le mur, et je hurlais maintenant :

— J'en ai rien à foutre de son sale pognon. Je le hais ! Je lui crache à la gueule !

Yaz, derrière nous, poussait des cris hystériques.

— Ne vous battez pas ! Maman, fais quelque chose !

Ma mère, pour nous séparer, nous frappait ridiculement avec sa serviette. Je gardais la tête de mon frère plaquée au mur avec la violence d'une bête sauvage. Ma solitude m'avait rendu assassin. Je serrais mes doigts autour de sa gorge. J'allais le tuer. Julien me fixait, épouvanté. Je n'avais pas remarqué jusqu'à maintenant à quel point il avait les yeux de mon père. Victor, ayant entendu nos hurlements, arriva en courant et m'empoigna avec autorité pour me dégager de mon frère. Je lâchai la gorge de Julien et murmurai, sans voix :

— C'est lui qui a tué Gabriel.

Des larmes roulaient sur les joues de Julien. Je voyais dans son regard tout le gâchis de notre enfance.

— Tais-toi ! cria ma mère, affolée de voir son fils pleurer.

— Toi, tu n'as rien fait pour l'arrêter, toute ta vie tu n'as rien dit. Tu t'es vendue à ce monstre, comme une pute, pour un dîner au caviar et trois Picasso !

Les sanglots comprimaient ma poitrine.

— Regarde ce qu'il a fait de nous !

Plus personne ne disait rien. Victor nous dévisageait de ses yeux horrifiés et, après un long silence, il s'exclama, sur un ton autoritaire que je ne lui connaissais pas :

— Un peu de dignité, les garçons ! Ce n'est pas un jour pour vous battre. Monsieur est mort.

Ma mère resta muette, les yeux dans le vide, un voile d'infinie tristesse sur le visage. Je souffris immédiatement de l'avoir blessée en laissant les mots s'échapper de la cage comme un animal féroce.

La soirée se déplaça vers le salon bleu. Julien dormait. Ma mère était partie veiller mon père, elle avait pris dix ans en un dîner. Je regrettais de l'avoir jugée et de l'avoir insultée, mais je ne pouvais pas admettre qu'elle l'ait aimé. Je ne pouvais pas accepter que l'amour pût être ainsi, dépravé et vénal, je voulais que tout reste pur, que le bon ne se mêle pas au mal, que la tendresse ne se tache pas de haine, que la vie reste loin de la mort et qu'elle nous laisse partir avec tranquillité pour que les morts ne viennent pas nous hanter et que les survivants laissent partir leur morts.

J'étais avachi dans un fauteuil. Tristan défilait devant moi pour me montrer ses dernières créations qui n'étaient que les robes de ma mère grossièrement retouchées, mais l'une d'elles, rouge, n'était pas trop mal, et j'espérais sincèrement qu'il parviendrait à en faire son métier. Il avait un regard doux, bienveillant, je m'en voulais de l'avoir abandonné et de ne pas avoir été un grand frère pour lui.

Je lui parlai de la jolie petite fille brune que j'avais rencontrée plus tôt dans la matinée dans notre cour. Il ne voyait pas de qui il s'agissait et disait n'avoir jamais croisé d'enfant dans notre immeuble, ou du moins jamais une petite fille. Les voisins avaient deux garçons, mais déjà assez grands, et les autres résidents étaient tous plus âgés. J'avais, certes, vécu la journée la plus longue de mon existence, mais j'étais sûr de ma conversation avec cette fillette qui peut-être m'avait menti en me montrant la barrette que lui avait offerte Tristan. J'y songeais lorsque ma mère revint pour nous annoncer qu'elle allait se coucher. Elle m'informa qu'elle m'avait fait préparer la chambre au papier peint tournesols. Celle que je préférais. Pour sa gaieté.

Je m'étendis sur le lit sans en défaire les draps. Ils sentaient bon la lavande, une odeur que j'adorais, surtout pour y dormir. Le sommeil était loin, j'avais le ventre noué par toutes ces émotions. Julien était parti en claquant la porte. Où pouvait-il dormir ? Je regardais le plafond et m'étonnais de n'avoir jamais remarqué la beauté de ses frises. J'entendis ma mère fermer la porte de sa chambre. J'avais oublié de lui demander si elle jouait toujours du piano. Je fermai les yeux.

La main sur la poignée de la porte. Mon père est face à moi. Il se masturbe. Gabriel est sur son lit et pénètre une fille à la chevelure noire.

Ce n'est pas un cauchemar. Je rouvris grands mes yeux.

Je rentrai dans la chambre de mon père, le plancher ne grinçait plus, c'était la seule pièce de la maison qui avait du marbre au sol. Une odeur forte d'encens se mêlait à celle du mort. La petite veilleuse éclairait la pièce. Ma mère avait allumé quelques bougies dont je décollai la cire qui avait coulé sur le bougeoir. Assis là, dans la même pièce que mon père, je regrettai soudain que la religion ne fasse pas partie de ma vie, même si je ne croyais pas en Dieu. J'aurais aimé pouvoir croire au pardon. Je pensais à Calcutta et aux cendres qui s'envolaient devant mes fenêtres. Où pouvaient bien partir nos souffrances après la mort ?

Le cadavre était là, blanc, presque gris. Je vins près du lit pour le regarder. Il paraissait si grand dans son costume bleu nuit, il semblait presque inoffensif maintenant. Je l'avais cru immortel. J'effleurai sa main glacée mais j'eus immédiatement un mouvement de recul, j'avais peur qu'il n'attrape la mienne et qu'il m'entraîne avec lui dans l'éternel sommeil. Je préférais ne pas trop m'en approcher. J'écoutais le silence, ne trouvant pas de chagrin. J'eus envie d'une cigarette. Les yeux rivés sur le cadavre de mon père, je me demandais qui, de nous deux, pouvait être le plus froid. Je retournai m'allonger dans la chambre aux tournesols.

C'était mon père qui avait choisi nos prénoms, ma mère ne proposait jamais que des prénoms féminins. Il m'avait appelé Vincent, « le vainqueur », disait-il.

J'avais huit ans. Je m'étais échappé de la chambre où nous faisions la sieste et j'étais entré dans le bureau de mon père. Il était de dos, en train de contempler une série de tableaux miniatures. Je rebroussai chemin doucement, sur la pointe des pieds, en essayant de ne pas faire craquer le parquet.

— Vincent ?

J'étais resté figé, comme une statue. Il n'avait pas bougé, le nez collé sur ses peintures. Comment savait-il que c'était moi ?

— Vincent ? avait-il insisté.

— Oui, Papa.

— Approche-toi.

Je m'étais avancé vers lui timidement, tout en restant à une certaine distance.

— Plus près.

J'avais fait encore quelques pas.

— Tu ne dors pas ?

J'avais secoué la tête.

— C'est important pour grandir.

— Je suis trop grand pour la sieste.

— C'est vrai. Mais ça fait plaisir à ta mère..., m'avait-il dit en continuant d'examiner ses tableaux. Viens voir, regarde ces portraits...

C'était une série de peintures miniatures représentant des femmes nues.

— Tu sais ce qu'il y a d'extraordinaire dans ces tableaux ? m'avait-il demandé.

Il en avait alors décroché un et l'avait délicatement retourné.

— Regarde. Tu vois ce qu'il y a derrière chacun de ces cadres ; une vitre secrète dans laquelle se trouve une mèche de cheveux. Sais-tu pourquoi ?

J'avais secoué vivement la tête, impatient d'entendre la réponse.

— Autrefois, les femmes amoureuses envoyaient à leurs amants un portrait d'elles avec une mèche de leurs cheveux. Et ça, vois-tu, c'est le vrai romantisme... J'ai acheté ces tableaux parce que, chaque fois que je les regarde, je sais ce qu'il y a derrière, le geste d'une femme amoureuse. »

Il s'était assis, le tableau toujours à la main, et avait continué à parler sans plus faire attention à moi.

— Combien de temps dure l'amour ? Le temps d'un coup de ciseaux ou toute une vie ? Mais ce n'est pas la durée qui importe, le plus beau, dans l'amour, ce sont les traces qu'il laisse. Des draps froissés, un vêtement abandonné, un parfum, l'empreinte des lèvres sur un verre, une mèche de cheveux derrière un tableau. C'est ça qui compte.

J'avais dévisagé mon père, interloqué, sans comprendre ce qu'il venait de dire. Je ne l'avais jamais vu ainsi. Je crois me souvenir que ce jour-là, en me parlant d'amour, il pleurait.

Je me noyais dans les eaux troubles du souvenir. Mon père était mort, le mur sur lequel je m'étais brisé venait de s'écrouler. Je retournai dans sa chambre. Je ne sais pas combien de temps je suis resté là. Les bougies consumées s'étaient éteintes. Tout semblait immobile comme si plus rien ne se passait. Le temps face à la mort avait perdu. Je me suis agenouillé devant sa dépouille, plus pour le geste que pour me recueillir. A genoux sur le sol en position de prière, la sensation du marbre froid était si proche de la froideur des bras de ma mère que je fondis en larmes, dévasté par tout cet amour déchu.

La photocomposition de cet ouvrage
a été réalisée par
GRAPHIC HAINAUT
59163 Condé-sur-l'Escaut

Achevé d'imprimer sur Roto-Page
par l'Imprimerie Floch à Mayenne
pour le compte des Éditions Plon
12, avenue d'Italie
*Paris 13e*
en mai 2014

N° d'impression : 86938
Dépôt légal : août 2014
Imprimé en France